Henner Kotte

Der Opfermord von Belmsdorf

und zwei weitere authentische Kriminalfälle aus der Oberlausitz

Bild und Heimat

Von Henner Kotte liegen bei Bild und Heimat außerdem vor:
Um Kopf und Kragen. *Unbekannte Fälle aus dem Kuriositätenkabinett der Kriminalistik* (2014)
Blutiges Erz. *Kriminalgeschichten aus dem Erzgebirge* (2016)
Leipziger Heimsuchung *und vier weitere Verbrechen* (Blutiger Osten, 2016)
Bonnie & Clyde vom Sachsenplatz *und zwei weitere authentische Kriminalfälle aus Dresden* (2016)
Stiefel für den Tod *und zwei weitere Verbrechen* (Blutiger Osten, 2017)
Russentod in Frauenstein *und sieben weitere authentische Kriminalfälle aus dem Erzgebirge* (2017)
Ministermord unter der Augustusbrücke. *Der Tod von Gustav Neuring in Dresden* (2017)
Flucht über die Todeszelle *und fünf weitere Raubfälle* (Blutiger Osten, 2017)
Populäre sächsische Irrtümer (2017)

ISBN 978-3-95958-143-1

1. Auflage

Umschlaggestaltung: fuxbux, Berlin
Umschlagabbildung: © Sorbisches Kulturarchiv am Sorbischen Institut in Bautzen / Ernst Tschernik (Hintergrund); © SLUB / Deutsche Fotothek / Fritz Eschen (Vordergrund)
Druck und Bindung: GGP Media GmbH, Pößneck

Ein Verlagsverzeichnis schicken wir Ihnen gern:
BEBUG mbH / Verlag Bild und Heimat
Alexanderstr. 1
10178 Berlin
Tel. 030 / 206 109 – 0

www.bild-und-heimat.de

Henner Kotte Der Opfermord von Belmsdorf

Der Dank des Autors für Hilfe und Unterstützung bei den Recherchen gilt besonders Anja Moschke, Elfriede Kieschnik, Beate und Detlef Petrick, Dr. Bernd Stübner und Jens Rothe.

Henner Kotte studierte Germanistik in Leipzig, Moskau und Dresden und arbeitet heute als Schriftsteller, Redakteur und Theaterkritiker. Zuletzt erschienen bei Bild und Heimat *Populäre sächsische Irrtümer* (2017), *Ministermord unter der Augustusbrücke* (2017), *Russentod in Frauenstein* (2017) und in der Reihe Blutiger Osten *Flucht über die Todeszelle* (2017), *Stiefel für den Tod* (2017) und *Leipziger Heimsuchung* (2016).

Inhalt

Am Ende seiner Geduld

Die Wahnsinnstat eines Ehegatten, Petershain 1950

> Die Sonne treibt jenseits der Wolken. Die Menschen auf der Erde gehen im Nebel. Der Novembernebel wird immer aufdringlicher. Er behockt die Bäume. Er sühlt sich auf den Wegen. Zuweilen kann man kaum drei Schritt weit sehen. Er schaukelt sich in feinen Tröpfchen auf den Augenwimpern. Er kriecht den Menschen in die Nasen. Sie müssen niesen, und sie wünschen sich Gesundheit. Er bohrt sich alten Menschen in den Rücken. Sie legen Rheuma-Pflaster auf und suchen ihn herauszuziehen. Es geht nicht immer glatt. Bei manchen Menschen bleibt fürs ganze Jahr ein Rheumastachel stecken. Der Nebel frißt sich auch in manches Menschenherz. Ein solcher Mensch geht grau und trüb einher. Er weiß nichts mehr und er glaubt nichts mehr von Sommer und von Sonne. Er barmt und weint sich langsam tot.
>
> Erwin Strittmatter: *Tinko* (1954)

Revieralltag: Der Diensthabende des Volkspolizeiamts Niesky vermerkte im Logbuch der Behörde: »Am heutigen Tage, Montag, den 18.12.1950, um 10.10 Uhr, erschien auf der oben bezeichneten Dienststelle der Leiter d. VP.-Rev. Niesky, VP.-Komm. Knetschke, und gab bekannt, daß ihm durch ein Frl. Hausner aus Petershain, Krs. Niesky O/L bekannt gemacht wurde, daß eine gewisse Fux, Elsa, – geb. Struck, geb. am 30.5.1909 in Petershain, wohnhaft in Petershain (Ziegelei), Beruf: Hausfrau – seit ca. drei Wochen verschwunden sei.

Wie hiesiger Dienststelle weiter mitgeteilt wurde, lebt die vorbenannte Fux in ständigen Ehezwistigkeiten mit ihrem Ehegatten, dem Fux, Albert, – am 20.10.1905 in Reichwalde geboren, wohnhaft in Petershain (Ziegelei), Beruf: Schlosser beim VEB Lowa-Niesky. Diese Ehestreitigkeiten zwischen den beiden genannten Personen nehmen, wie weiter mitgeteilt wird, oft solche Formen an, daß es zu Tätlichkeiten kommt, wodurch im Verlaufe der Zeit das Ehezerwürfnis immer schwerere und tiefere Formen annahm.

Es wird seitens des VP.-Komm. Knetschke der Verdacht ausgesprochen, daß die Möglichkeit bestünde, daß die Ehefrau des Fux entweder Selbstmord verübte oder von ihrem Mann umgebracht wurde. Bei hiesiger Dienststelle ist seither keine Vermißtenanzeige über die vorbezeichnete Elsa Fux erstellt worden. Es wurde ferner noch bekannt gemacht, daß der Personalausweis der Elsa Fux, sowie deren Lebensmittelkarten sich im Besitz des Ehemannes derselben befänden.«

Es schien der Polizei im Nachhinein wie abgesprochen, denn am selben Tage kam zu »oben bezeichneter Dienststelle unvorgeladen der Nachbenannte und gibt folgende Aussage zu Protokoll:

Zur Person: Struck, Konrad, Willy, am 21.11.1905 in Petershain geboren
wohnhaft in Petershain Nr. 12, Krs. Niesky O/L
Beruf: Maschinenkaufmann

Mein Erscheinen am heutigen Tage hat den Zweck, um mich über den Verbleib meiner Schwester Elsa Fux, geb. Struck, wohnhaft in Petershain (Ziegelei) zu erkundigen, welche seit zwei Wochen verschwunden ist. Betreffs des Verschwindens meiner Schwester haben meine Eltern mit einem VP.-Komm. Knetschke, wohnhaft in Niesky, Schleiermacherstraße 4, gesprochen und dieser hat gesagt, daß er die Angelegenheit melden wolle. Dieses war am Samstag, den 16.12.1950 gegen 17.00 Uhr der Fall, daß der Herr Knetschke mit meinen Eltern sprach. Meine Schwester, Elsa Fux, geb. Struck, ist seit der Nacht von Samstag, den 2.12.1950, zu Sonntag, den 3.12.1950, ohne jede Nachricht verschwunden.

Meine Frau Gertrud Struck, geb. Scholze, hat seit dem Verschwinden meiner Schwester mehrmals mit deren Ehemann, dem Albert Fux, gesprochen und ihn betreffs meiner Schwester befragt. Desgleichen haben auch meine Eltern und ich mit dem Ehemann meiner Schwester gesprochen. Wie der Mann meiner Schwester angibt, haben sich beide in der erwähnten Nacht vom 2. zum 3.12.1950 gezankt, d. h. der Streit begann laut Aussagen meines Schwagers, Albert Fux, abends vor 21.00 Uhr. Wie mein Schwager weiter erzählt, will er dann gegen 21.00 Uhr das Haus verlassen haben und will im Dorf bis gegen 00.30 Uhr spazieren gewesen sein. Letzteres erzählte er meiner Frau. Weshalb sich meine Schwester mit ihrem Mann gestritten hat, das entzieht sich meiner Kenntnis.

Auf Befragen gebe ich an, daß die Ehe meiner Schwester, welche seit 15 Jahren besteht, nicht gerade glücklich ist. Von meiner Frau habe ich erfahren, daß mein Schwager angeblich ein Verhältnis mit einer gewissen Frau Grothe in Mücka O/L unterhalte.

Meine Frau hat mir dann u. a. erzählt und auch mein Schwager selbst, daß meine Schwester wiederum auch ein Verhältnis mit einem Manne habe, der vor etwa vier Wochen mit einem Auto von dem Haus meiner Schwester weggefahren ist, wo meine Schwester mit diesem Mann im Auto mitgefahren sein soll. Diesen Mann, der mit dem Auto kam, soll ein gewisser Robert Gwiasda in Görlitz kennen.

Ich möchte hier noch erwähnen, daß mein Schwager erzählt hat, daß seine Frau, also meine Schwester, verschwunden war, als er von seinem angeblichen Spaziergang, den er von Samstag, d. 2.12.50, gegen 21.00 Uhr bis Sonntag, d. 3.12.50, gegen 00.30 Uhr getätigt haben will, zurückkehrte.

Mich persönlich hat das Eheleben meiner Schwester in gewissem Sinne interessiert, jedoch nicht so, daß ich mich in dieses eingemischt hätte, und ich habe mich jeglicher Meinungsäußerung enthalten. Durch meine Frau habe ich einmal vor kurzem gehört, daß sich der Albert Fux von meiner Schwester scheiden lassen wolle.

Auf Befragen, ob meine Schwester Bekleidungsstücke mitnahm, welche darauf schließen lassen, daß sie verreist sei, muß ich sagen, daß mein Schwager erzählte, daß er nicht weiß, was meine Schwester an Bekleidungsstücken trug, als meine Schwester verschwand. Der Sonntagsmantel derselben soll sich noch zu Hause befinden. Hieraus folgere ich, daß meine Schwester keine größere Reise unternommen hat. Auch soll sich das Fahrrad meiner Schwester noch zu Hause befinden.

Unsere Familie hat erst angenommen, daß meine Schwester nach Königswartha gefahren ist, wo noch zwei andere Schwestern wohnen, welche dort verheiratet sind. Nachfragen daselbst haben ergeben, daß meine Schwester sich nicht dort eingefunden hat und sich dort auch nicht aufhält. Mein Schwager, der Albert Fux, ist sehr verschlossen, wogegen meine Schwester mitteilsam ist und temperamentvoll.

Ich erkläre auf Befragen weiter, daß meine Schwester seither noch niemals hat durchblicken lassen, daß sie sich mit Selbstmordgedanken trüge, und mir ist solches auch nicht bekannt geworden. Zu dieser ganzen Angelegenheit kann ich nur sagen, daß ich mir bis jetzt keine Sorgen oder Gedanken gemacht habe, weil ich bisher immer angenommen habe, daß meine Schwester irgendwo bei Bekannten oder Verwandten sich aufhält. Und von sich hören läßt.

Es kann möglich sein, daß meine Schwester sich bei einem gewissen Robert Gwiasda in Görlitz oder bei einem dessen Bekannten aufhält. Sollte sie dort aber nicht aufzufinden sein, so muß ich sagen, daß dann auch mir Bedenken kämen und ich annehmen müßte, daß meiner Schwester etwas zugestoßen ist. Ich muß hierzu noch angeben, daß solches bei meiner Schwester noch nie vorkam, daß sie ohne Bescheid zu hinterlassen, abwesend war.

Weitere Angaben zur Sache kann ich nicht tätigen und bestätige durch meine Unterschrift die Wahrheit meiner Aussagen. Meine Vernehmung habe ich durchgelesen und hatte dabei die Gelegenheit Verbesserungen vornehmen zu können. Mit dem Inhalt und Wortlaut meiner Vernehmung bin ich einverstanden«, sagte Konrad Struck und wusste, dass er im Namen seiner Familie sprach. Denn erst als seine Schwestern ihn und die Eltern in Petershain besuchten, ist das Verschwinden von Elsa Fux offenbar geworden.

Von unterschiedlichen Seiten ist nunmehr die Polizei auf das Verschwinden der Elsa Fux aufmerksam gemacht worden. Sofort stand der Verdacht im Raum, dass Albert Fux am Verschwinden seiner Gattin nicht unschuldig war. Das ganze Dorf wusste um die Streitigkeiten, und dass im Hause Fux die Fetzen flogen. Bruder Konrad hatte es bislang vermieden, für seine Schwester eindeutig Partei zu ergreifen. Er und seine Frau zeigten Verständnis, wenn sich der eine und der andre Ehepartner bei ihnen den Frust von der Seele redeten. Zu gegensätzlich schienen ihnen die Charaktere. An ein Verbrechen dachte keiner der Angehörigen.

Doch der leitende Volkspolizist in Petershain kannte die Fuxens und das Gerede und gab seine Bedenken ans VP-Amt Niesky weiter: »Aktennotiz, 18.12.1950 – Wie in der Angelegenheit Elsa Fux durch VP.-Komm. Knetschke vom VP.-Revier Niesky in Erfahrung gebracht wurde, soll die seit Sonntag, den 3.12.1950 (nachts) verschwundene Elsa Fux die Wohnungsschlüssel sowie die Wohnungsschlüssel ihres Mannes mitgenommen haben. Wenn Albert Fux nun behauptet haben soll, daß er nach seiner Rückkunft in die gemeinsame Wohnung am Sonntag, d. 3.12.1950, gegen 00.30 Uhr seine Frau nicht mehr vorfand, so ergibt sich hieraus die Frage: Wie konnte Fux in die Wohnung hineinkommen? Denn es dürfte anzunehmen sein, daß sie, wenn Frau Fux das Haus verlassen hat, die Wohnung bei Abwesenheit des Ehemannes verschloß.

Ferner wird durch VP.-Komm. Knetschke uns mitgeteilt, daß die Gemeinde Petershain, Krs. Niesky O/L, zur Sicherheit einen gewissen Hildebrandt als Nachtwächter eingesetzt hat, der allnächtlich seinen Rundgang macht. Fux hätte, wenn er nachts von 21.00 bis 00.30 Uhr durch das Dorf spazieren geht, von diesem irgendwann einmal gesehen werden müssen. Dieser Nachtwächter Hildebrandt wäre zu befragen.«

Während die Kriminalbeamten in Niesky über die zu erfolgenden Schritte debattierten, erschien bei ihnen noch am Nachmittag desselben Tages der in Verdacht gebrachte Albert Fux. Auch Elsas Ehemann zeigte über ihr Verschwinden große Besorgnis und wusste nicht, was mit seiner Frau geschehen war. Albert Fux wollte jetzt auf dem Polizeirevier eine Vermisstenanzeige bezüglich seiner Gattin stellen. Mit den Verwandten abgesprochen schien das nicht gewesen zu sein. Die Polizisten werteten das folgende Gespräch ermittlungstechnisch als erstes offizielles Verhör im Fall.

Albert Fux sagte, »der Gegenstand meiner heutigen kriminalpolizeilichen Vernehmung wurde mir bekannt gemacht. Ich bin am heutigen Tage vor der Kriminalpolizei freiwillig erschienen, da meine Frau seit Samstag, den 2. Dez. 1950 meine Wohnung verlassen hat, ohne mir etwas hiervon zu sagen, und bis heutigen Tags nicht wieder zurückkehrte.

Die näheren Umstände hierzu sind folgende:

Ich bin seit 15 Jahren mit meiner Ehefrau, Elsa Fux, geb. Struck, verehelicht. Im Mai 1947 kehrte ich aus Bremerhaven zurück, wo ich nach meiner Militärentlassung noch die zwei Jahre gearbeitet hatte. Meine Frau wußte damals, wo ich mich befand und welcher Tätigkeit ich dort nachging. Seit meiner Rückkehr aus Bremerhaven waren in meinem Eheleben laufend Streitigkeiten zu verzeichnen, deren Ursachen nicht nur bei mir, sondern auch auf seiten meiner Frau zu suchen waren. Dieses Ehezerwürfnis hat sich im Verlauf der Jahre seit meiner Rückkehr vertieft und hat oft scharfe Formen angenommen. Hierbei muß ich zugeben, daß es auch manchmal zu Tätlichkeiten kam, und zwar nur einmal, was im Vorjahr der Fall war. Eine Schwester meiner Frau ist Epileptikerin, und auch bei meiner Frau mußte ich feststellen, daß sie, wenn sie erregt war, sich auf die Unterlippe biß und die Hände verkrampfte und dann auch in ihrer Aufregung nach greifbaren Gegenständen griff, mit welchen sie nach mir schlug oder diese nach mir warf. Das Letztere können verschiedene Personen, so u. a. mein Vater und der Bruder meiner Frau, Herr Konrad Struck, bestätigen.

Am Samstag, den 2. Dez. 1950, kam es zwischen mir und meiner Frau abermals zu einem schweren Streit. Die Ursache hierzu war eine seitens meiner Frau gegen mich erhobene Beschuldigung, daß ich, weil ich in Niesky meinen an Tuberkulose erkrankten Cousin besuchen wollte, dieses nur als Ausrede vorbringen würde, um zu einer anderen Frau gehen zu können, was aber nicht den Tatsachen entsprach. Der Streit nahm in seinem weiteren Verlauf Formen an, die man als heftig bezeichnen kann. Meine Frau warf mir die verschiedensten Dinge vor und umgekehrt auch ich ihr. Der Streit begann an diesem Samstag so gegen 21.30 Uhr. Meine Frau, welche starke Raucherin ist, rauchte in ihrer Erregung hintereinander drei Zigaretten. Ich selbst saß während des Streits am Radio, um Musik zu hören. Da mir der Streit langsam zuviel wurde, habe ich meiner Frau gesagt, daß ich das nicht mehr mitmache und ich mich scheiden lassen würde. Hierbei habe ich auch gesagt, daß ich zu der Frau gehen werde, die ich von ganzem Herzen liebe. Auf Befragen möchte ich angeben, daß ich das nicht so hersagte, sondern daß ich tatsächlich eine Frau liebe, deren Namen ich aber bitte für mich behalten zu dürfen. Nachdem ich dieses gesagt hatte, stellte ich an dem Benehmen meiner Frau fest, daß sie über die Maßen erregt war und sich wie schon erwähnt auf die Unterlippe biß und die Fäuste verkrampfte. Sie griff nach der Blumenvase und versuchte mit dieser auf mich einzuschlagen. Ich sprang schnell auf und wehrte diesen Angriff meiner Frau ab, wobei ich mit der Faust nach ihr stieß. Meine Frau ist zurückgetaumelt, und ich habe die Gelegenheit wahrgenommen, um die Küche zu verlassen. Ich habe dann das andere Zimmer aufgesucht, um mir dort eine Jacke anzuziehen. Danach habe ich das Haus verlassen und bin das ganze Dorf hinuntergegangen, um mich zu beruhigen und meiner Frau

Gelegenheit zu geben, sich ebenfalls wieder zu fassen. Auf diesem meinem Spaziergang habe ich keinen Menschen gesehen. Nachdem ich das Dorf bis zum letzten Haus hinabgegangen war, bin ich wieder zurückgegangen und war so gegen 23.00 Uhr wieder vor meiner Wohnung angelangt. In der Küche habe ich noch das Licht brennen sehen und habe meine Frau darin hantieren hören. Was sie gemacht hat, habe ich nicht erkennen können, da die Fenster verhangen sind. Ich bin daraufhin nochmals das Dorf hinabgegangen bis ungefähr an die Kurve bei Pietsch Erichen. Dort angelangt, bin ich wieder zurückgegangen. Auch auf diesem Wege habe ich keine Menschenseele gesehen. Ich bin dann so zwischen 23.30 und 23.35 Uhr wieder an meiner Wohnung angelangt. Dort angekommen, sah ich, daß alles finster war. Durch die unverschlossene Haustür betrat ich das Haus und betrat die Wohnung, welche ich zuvor aufschloß. Meine Frau war weder in der Küche noch in dem angrenzenden Zimmer zu finden. Ich habe, da ich noch nicht gewaschen war, dieses nachgeholt und mich dann zu Bett gelegt, was so gegen 00.30 Uhr gewesen sein kann. Bevor ich mich ins Bett begab, habe ich die Küche verschlossen und die Schlafstube von innen abgeschlossen.

Über das Fernbleiben meiner Frau habe ich mir wohl Gedanken gemacht, doch habe ich angenommen, daß sie mich verlassen hat, um zu ihrer Schwester, Liska Kemmel, verw. Simon, geb. Struck, zu fahren. Es kam nämlich manchmal vor, daß meine Frau ein bis zwei Wochen zu dieser fuhr, um dort in der Hauswirtschaft zu helfen. In diesen Fällen habe ich aber immer gewußt, daß meine Frau nach dort fährt. In diesem Fall aber habe ich vermutet, daß meine Frau aus Wut, ohne etwas zu sagen, nach dort gefahren ist.

Ich bin in dieser Nacht gegen 03.00 Uhr aufgestanden, um meine Notdurft zu verrichten. Meine Frau war immer noch nicht zurückgekehrt. Auf Befragen gebe ich hier noch an, daß ich nach meinem Spaziergang durchs Dorf zurückkommend in der Wohnung keinerlei Veränderungen feststellte, welche darauf schließen ließen, daß meine Frau abgereist sei.

Am Tage darauf, also am Sonntag, d. 3. Dez. 1950, bin ich soweit mir erinnerlich zu Hause gewesen und am Montag früh wie immer zur Arbeit nach Niesky gefahren mit dem Zug um 6.00 Uhr und bin am Abend dieses Montags um 17.00 Uhr etwa wieder zu Hause gewesen. So verlief jeder Tag bis heute.

Am Sonntag, d. 10. Dez. 1950, habe ich die Wohnung, da meine Frau nicht anwesend ist, gesäubert. Hierbei stellte ich fest, daß der Sonntagsmantel meiner Frau im Schrank hing, den sie bestimmt mitgenommen hätte, wenn sie verreist wäre. Da meine Frau sehr viele Kleidungsstücke in Besitz hat, kann ich jetzt nicht angeben, was meine Frau mit sich genommen hat, d. h. was sie trug, als sie das Haus verließ. An diesem Sonntag habe ich beim Reinigen der Wohnung auch die Handtasche meiner Frau gefunden, die an ihrem Platz im Schrank stand. In dieser Tasche fand ich den Personalausweis meiner Frau. Durch diese Feststellung habe ich mir nun abermals wieder Gedanken gemacht, da doch jemand, wenn er verreist, den Personalausweis mitnehmen muß. Trotzdem habe ich immer noch gehofft und geglaubt, daß meine Frau in Königswartha bei ihrer Schwester ist und von dort nach ein oder zwei Wochen, so wie es sonst war, wieder nach Hause kommt.

Am Donnerstag, d. 14. Dez. 1950, kam jedoch die Schwester meiner Frau, die Liska Kemmel, zu meinem Schwiegervater auf Besuch. Ich habe nicht gewußt, daß meine Schwägerin, eben die Kemmel, angekommen ist. Am Freitag darauf kam dann auch meine andere Schwägerin, die Gisela Struck, zu mir, weil ich derselben ein Waschbecken reparieren sollte. Durch diese erfuhr ich, daß meine Frau nicht bei der Liska Kemmel (ihrer Schwester in Königswartha) ist. Dieses veranlaßte mich nunmehr, am Abend (Freitag) mich zu meinem Schwiegervater zu begeben, um mich mit diesem über die Sache zu unterhalten. Mein Schwiegervater sagte mir im Verlauf der dort geführten Unterhaltung, daß er die Sache bei der Polizei vortragen würde, um nach meiner Frau suchen zu lassen.

Ich möchte hier noch angeben, daß ich am Donnerstag, d. 14. Dez. 1950, als ich die Wohnung aufgeräumt hatte, auch meine Briefmappe vornahm und hier Rechnungen ordnete. Hierbei fiel mir ein grünes unbeschriftetes Briefkuvert in die Finger, wovon ich bestimmt wußte, daß dasselbe erst nicht in der Mappe war. Der Briefumschlag war nicht zugeklebt, und in demselben befand sich ein Bogen handbeschriebenes Briefpapier. Ich erkannte an den geschriebenen Zeilen die Handschrift meiner Frau, welche im Text anführte, daß sie beabsichtigte, durch

Selbstmord aus dem Leben zu scheiden. Diesen Brief habe ich am Freitag bei der Rücksprache mit meinem Schwiegervater diesem nicht gezeigt und habe ihm auch von dem Vorhandensein des Briefes nichts gesagt. Ich tat dieses aus dem Grunde nicht, da mein Schwiegervater 70 Jahre alt ist, und ich nur auf sein hohes Alter deshalb Rücksicht nehmen wollte. Außer drei Arbeitskollegen und meinem Meister, welche ich um Rat fragte, hat hinsichtlich des Briefinhaltes, d. h. daß meine Frau beabsichtigt, Selbstmord zu begehen, niemand etwas gewusst. Dann habe ich am Samstag, d. 16. Dez. 1950 von der Frau Elisabeth Hausner in Petershain O/L erfahren, daß zu dieser meine Frau einmal gesagt hat, daß sie, wenn es nicht mehr geht, ganz kurz Schluß machen würde. Wenn ich gefragt werde, ob ich es für möglich halte, daß meine Frau Selbstmord begangen haben könnte, so muß ich sagen, daß ich das auf Grund ihres seelischen Zustandes für möglich halte.

Ich hoffe, daß sich meine Frau bei ihrem Bekannten in Görlitz aufhält, dessen Name mir nicht bekannt ist. Dieser ist mit einem gewissen Heinrich Hertel in Petershain bekannt und auch mit dem Robert Gwiasda aus Görlitz. Es kann auch sein, daß sie bei dem Gwiasda in Görlitz ist, doch glaube ich dieses weniger.

Weitere Angaben zur Sache kann ich nicht machen. Ich bestätige durch meine Unterschrift die Wahrheit meiner Aussagen. Beim Durchlesen meiner Vernehmung hatte ich jederzeit die Gelegenheit, an dieser Verbesserungen vornehmen zu können, und bin mit dem Inhalt und Wortlaut derselben einverstanden.«

Petershain, Ortsteil Ziegelei: Wohnort des Ehepaars Fux

Historische Aufnahme des Hauses der Familie Fux

Das Haus heute

Die Polizei nahm zu den Akten: »Der am heutigen Tage betreffs des Verschwindens seiner Frau vernommene Albert Fux aus Petershain O/L (Ziegelei) wies hiesiger Dienststelle zwei Briefe vor. Er gab hierbei an, daß er den im grünen Umschlag steckenden Brief am Donnerstag, d. 14.12.1950, beim Aufräumen der Wohnung in der ihm gehörenden Schreibmappe gefunden habe. Um nachweisen zu können, daß dieser Brief von der Hand seiner Frau stammt, wies Fux einen zweiten Brief (brauner Umschlag) vor, wobei es sich um einen sogenannten Feldpostbrief handelt, da in dem vorgenannten Brief im grünen Umschlag seine Frau schreibt, daß sie den Entschluß habe, aus dem Leben scheiden zu wollen. Aus diesem Grunde ist es erforderlich, baldmöglichst einen Brief zu suchen und sicherzustellen, welcher mit Bestimmtheit von der Vermißten geschrieben wurde (bei Verwandten), und diesen mit den beiden anderen Briefen dem kriminaltechn. Institut zwecks

Schriftvergleichen zu übersenden.« Der Vergleich wurde durchgeführt und ließ keinen Zweifel: Elsa Fux hatte einen Abschiedsbrief verfasst.

Dieser liegt den Akten heute nicht mehr bei, denn im Nachhinein muss es zu familiären Zwistigkeiten um das Erbe gekommen sein. Die Entnahmequittung unterzeichnete am 4. Mai 1954 ein staatlich eingesetzter Notar: »Der Blatt 9 d. A. bezeichnete Brief im grünen Umschlag ohne Datum wurde mir heute von der Kreisstaatsanwaltschaft Niesky ausgehändigt, da er eine Erbeinsetzung erhält und somit als Testament anzusehen ist, welches zur notariellen Eröffnung gebracht werden soll.«

An der Selbstmordabsicht Elsa Fux' war nicht zu zweifeln. Sie war erwiesen. Die Fragen, wie und wo sich die Frau das Endgültige angetan hatte, jedoch blieben. Weit wird sie nicht gelaufen sein, mitten in der Nacht und schnell entschlossen. Aber die Umgebung von Ziegelei und Petershain hatte man bereits abgesucht – und nichts gefunden. Doch zur alten Fabrik gehörte eine Grube, die geflutet worden war und die man Blaues Wasser nannte. Möglich war, dass Elsa Fux darin ihren Tod gefunden hatte. Aber Eis, Frost und Schnee machten in der Winterzeit die Suche im Gewässer unmöglich.

Zeugen bestätigten die Aussagen des Ehemannes. »Tischlermeister Jurke sagte dem VP.-Komm. Knetschke, daß die Hausbewohner (Nachbarn) des Fux, die Familien Schmitt und Delling, gehört haben, daß in der fraglichen Nacht am Samstag, d. 2.12.1950, man in der

Wohnung des Fux Streit vernommen habe. Es soll ein durchdringender Schrei gehört worden sein, dem ein schwerer dumpfer Fall folgte.« Vom Streit hatte Albert Fux gesprochen und dass Gattin Elsa mit Gegenständen nach ihm geworfen habe. »Ein dumpfer Fall« – solch ein Geräusch konnte viele Ursachen haben. Zum Handeln hatte es die Nachbarn nicht gebracht, zu alltäglich der Ehezwist des Paars im Erdgeschoss. Widersprüche zu Albert Fux' Schilderung des Abends traten nicht zutage. Aber »weiter wurde dem VP.-Komm. Knetschke bekannt, daß Fux etwa Mitte Nov. d. J. die Schlösser zu seinen beiden Zimmern geändert hat, warum? Wie viele Schlüssel sind für diese Zimmer vorhanden? Es ist zu überprüfen, ob die benannten Zeugen (die in Petershain wohnhaften), solche oder ähnliche, den Fux betreffende Aussagen getätigt haben, da diese Aussagen im Widerspruch zu den von Fux am 19.12.50 getätigten Aussagen stehen könnten. In diesem Falle wären Anhaltspunkte gegeben, die Fux in dringendem Tatverdacht des Gattenmordes erscheinen lassen.« VP-Kommissar Knetschke hatte Verdacht geschöpft und ließ ihn nicht einfach fallen. Er war der festen Überzeugung, lassen seine Aktennotizen vermuten, dass Indizien gefunden werden würden, die eine der Arbeitshypothesen – Mord oder Selbstmord – unterstützen würden. Knetschke vermutete wohl eher ein Verbrechen. Die Verhöre wurden fortgesetzt. Dabei konzentrierten sich die Ermittler auf das Umfeld der Vermissten und ihres Ehemanns.

Zuständiges Polizeirevier Niesky

Im Blauen Wasser wurde die Leiche der Elsa Fux vermutet.

Am 22. Dezember 1950 wurde Elsas Schwägerin vernommen:
Struck, Gertrud,
geb. am 30. März 1923 in Königswartha,
wh. Petershain 12.

Frage: »Frau Struck, hat Ihre Schwägerin, Elsa Fux, Ihnen gegenüber einmal Selbstmordabsichten geäußert?

Antwort: Nein. Im Gegenteil, ich bin mit meiner Schwägerin im November dieses Jahres einmal nach See in die Gärtnerei gefahren, und da haben wir uns über ihre Ehe unterhalten. Da sagte mir meine Schwägerin: ›Niemals werde ich dem Platz machen oder ihm aus dem Wege gehen.‹ Sie erklärte mir noch, ›ich bin doch nicht auf den Mann angewiesen, ich kann selber arbeiten gehen.‹ Abschließend«, wollte Gertrud Struck »noch bemerken, daß mein Schwager auf mich den Eindruck machte, als ob er etwas zu verbergen hat, er war sehr unruhig und nervös.«

Auch Nachbarin Elli Delling meinte: »Selbstmord? Nein, im Gegenteil. Elsa kam fast immer, wenn sie sich mit ihrem Ehemann gezankt hatte, anschließend zu mir in die Wohnung und erzählte mir alles. Dabei sagte sie auch einmal unter anderem, daß sie sich niemals wegen einem Mann das Leben nehmen würde, eher würde sie ihm die Bude ausräumen.« Und es ergaben sich weitere Hinweise auf ein Doppelspiel des Ehemanns, denn der hatte die Nachbarn bereits am Sonntag des Verschwindens gebeten, seine Hühner auf dem Hofe mitzuversorgen, weil seine Frau verreist sei. Allerdings, wie hatte Albert Fux das wissen können?

Da wurde eine Frauenleiche in Stendal in der Altmark gefunden. Den körperlichen Maßen nach könnte es die Vermisste aus Petershain bei Niesky sein. Elsa Fux' Personenbeschreibung lautete:

»Größe:	ca. 1,55 m
Figur:	vollschlank
Kopfform:	oval
Augenfarbe:	graublau
Augenbrauen:	geschwungen, schmal geformt
Nase:	gradlinig und normal, vorspringend, klein, wenig nach oben
Mund:	klein, schmale Lippen
Ohren:	mittelgroß
Ohrlöcher:	fraglich
Haar:	ca. 25 cm lg., trug Knoten an den Seiten vereinzelt leicht angegraut. Mittelblond, Mittelscheitel
Hände:	fleischig, wenig abgearbeitet
Fingernägel:	rund geschnitten
Zähne:	Vorderzähne des Unter- und Oberkiefers sichtbar vorhanden obere Schneidezähne normal und die daran anschließenden rechten und linken Schneidezähne verhältnismäßig klein, Goldkrone vermutlich Augenzahn, ob links oder rechts nicht bekannt Backenzähne unten und oben lückenhaft allgemeiner Zahnzustand schlecht
Besondere Kennzeichen:	Haar unter den Achseln borstig und lang Körper nicht behaart
Beine.	glatt und keine Adern
Schuhgröße:	38

Starke Waden, schlanke Fesseln, keine
Hühneraugen auf den Zehen,
breiter Fuß, keine Frostballen
Blinddarmnarbe: keine Angabe«

Der Ehemann war inzwischen in die Wohnung seiner Kollegin und Geliebten Frieda Mirtschin eingezogen und begann ein neues Leben. Seine Behauptung, mit Gattin Elsa über eine Scheidung gesprochen zu haben, schien auf der Wahrheit zu beruhen.

Derweil erwies sich, dass die Leiche, die man in der Altmark gefunden hatte, nicht die der verschwundenen Elsa Fux war. Man suchte sie weiterhin im Teichgebiet der Oberlausitz und ging davon aus, dass sie nicht mehr lebte. Wo würde man ihre Leiche finden?

»Die Oberlausitzer Heide und Teichlandschaft liegt im östlichsten Teil des Freistaates Sachsen mitten im Dreiländereck Deutschland–Tschechien–Polen, nur wenige Kilometer nördlich der Stadt Bautzen. Ausgedehnte Waldflächen und mehr als tausend Teiche bilden das größte zusammenhängende Teichgebiet Deutschlands.« Sie ist ein »idealer Urlaubs- und Erholungsort für Naturliebhaber, Radwanderer, Ruhesuchende und an Geschichte interessierte Menschen. Viele Wander- und befestigte Radwege führen durch das überwiegend ebene Land. Sie sind vor allem für Familien mit Kindern und ältere Menschen attraktiv. Aber auch Angler, Freunde des Reitsports oder der Jagd finden hier beste Voraussetzungen für ihr Hobby.« Die Landschaft ist »reich an Eindrücken zu jeder Jahreszeit. Am Morgen das Flügelschlagen von Schwänen und den Ruf der ziehenden Gänse vernehmen. Mit dem Rad durch Eichenalleen an raschelnden Schilf und glitzernden Teichen entlang. Den Seeadler beobachten, wie er immer höhere Kreise zieht. Über Sandwege durch duftende Kiefernwälder. An Straßen- und Hinweisschildern Zweisprachigkeit entdecken. Dem Teichwirt bei der Arbeit über die Schulter schauen. Frischen Fisch genießen. Kleinen Schlössern am Wegesrand begegnen. Am Abend erst dem röhrenden Hirsch, dann dem Trompeten der Kraniche lauschen«, preist das Tourismusportal. Für die gesundende Natur spricht auch, dass der Wolf sich das Revier zurückerobert hat. So meldeten die Agenturen im Juli 2017: »Bei vielen Rudeln, die ihr Revier ganz oder teilweise in der Region haben, gibt es nun Welpen. Wie das Kontaktbüro Wölfe in Sachsen mitteilt, haben bereits zehn sächsische Wolfsfamilien Nachwuchs. Auch die Oberlausitz durchstreifen kleine Wölfe. So gibt es beim Wolfspaar in der Neustädter Heide in der Nähe von Spreetal im Landkreis Bautzen erstmals Welpen. Kleine Wölfe kamen auch bei den Rudeln in Daubitz, Niesky und Rosenthal, im Seenland und bei den Königshainer Bergen zur Welt. Das Wolfsbüro in Rietschen konnte in diesem Jahr in Sachsen bisher 15 Rudel nachweisen.«

Petershain, obersorbisch Hóznica, liegt am östlichen Rande dieses Biosphärenreservats. Gräberfelder belegen eine Besiedlung des Gebiets bereits in der Bronze- und Eisenzeit. Seit 1578 existiert das Rittergut; Schlossteich, Park und Kirche sind heute Sehenswürdigkeiten.

Ein Pestaltar erinnert am Weg nach Horscha an die Epidemie im Jahre 1632. Bewohner zählte man 1777 sieben »besessene Mann, 16 Gärtner und 15 Häusler«. Nördlich und versteckt im Wald unter einer Kiefer gedenkt ein Stein des Todestages von Hermann Barthel: † 18.9.1921. Nach der Chronik kam der Gastwirt an jener Stelle bei einem Jagdunfall ums Leben. »Beim Auf- oder Absteigen von einer Jagdkanzel sei ihm sein Gewehr entglitten. Dabei lösten sich zwei (!) Schuß, die Barthel in den Unterleib trafen und damit den Tod beibrachten.« Doch hielt sich hartnäckig das Gerücht, dass Barthel einem Wilderer zum Opfer gefallen war.

»Nach dem Kriegsende 1945 stieg die Einwohnerzahl in Petershain durch Flüchtlinge und Vertriebene aus den ehemaligen deutschen Ostgebieten auf 650. Auch nach der Eingemeindung Horschas war ein weiterer Anstieg zu verzeichnen, der für nichtstädtische Gemeinden in dieser Region eher untypisch war. Von 841 Einwohnern im Jahr 1950 stieg die Zahl bis 1971 auf 937, danach setzte ein überdurchschnittlich starker Bevölkerungsrückgang ein, so dass 1990 nur noch 577 Einwohner (in Petershain und Horscha) amtlich registriert wurden. Bis zur Jahrtausendwende hatte sich die Zahl (in Bezug auf Petershain ohne Horscha) kaum verändert und lag 2002 bei 439.« Horscha zählte im selben Jahr 123 Einwohner.

Heute gehört Petershain zur Gemeinde Quizdorf am See. Mehrere Dörfer schlossen sich zusammen und benannten sich nach dem Ort, der durch die Aufstauung des Schwarzen Schöps im Stausee untergegangen war. Diese Talsperre war lange Zeit die größte Sachsens und diente als Kühlwasserreservoire des nahe gelegenen Braunkohlekraftwerks Boxberg. An den Ufern sind heute Baden, Angeln und Kiten gut möglich. Fahrradtouren werden empfohlen, das Wegenetz ist gut ausgebaut. In der ortsnahen Ziegeleigrube Blaues Wasser vermag man heute noch zu schwimmen. Die Kreisstadt Niesky liegt keine zehn Kilometer östlich davon und war der Arbeitsort von Albert Fux.

Die Dänen Johannes Ehregott Christoph und Christian Rudolph Unmack hatten Ende des 19. Jahrhunderts die Zeichen der Zeit erkannt: Der Tischler und der Architekt stellten die von der Industriegesellschaft benötigten provisorischen Häuser her – Baracken. Der Holzreichtum der Gegend ließ sie die Doecker'sche Barackenfabrikation Christoph & Unmack in Niesky O/L gründen. Die Produkte wurden schnell zum internationalen Markennamen, das Unternehmen expandierte. »Während des Ersten Weltkrieges wuchs der Bedarf an Holzbaracken stark an, was zu einer Erweiterung des Betriebes führte. Hatte sich das Unternehmen bislang ausschließlich der Holzverarbeitung gewidmet, kam 1917 zusätzlich eine Waggonfabrik hinzu. Fortan wurden auch Schienenfahrzeuge, Motoren, Dampfmaschinen, Kessel und Stahlkonstruktionen hergestellt. 1922 bestand die Christoph & Unmack AG aus vier Betriebsteilen: den Abteilungen Holzbau, Waggonbau, Stahlbau und Motorenbau. Beschäftigt waren ca. 4000 Personen.«

Weltweit Maßstäbe setzte der Betrieb beim industriellen Wohnungsbau. »Maschinen ermöglichten die Produktion vorgefertigter Teile, ihr Zusammenfügen verlangte die Umwandlung des Bauens in einen Montagevorgang«, meinte Konrad Wachsmann, ab 1926 Chefarchitekt von Christoph & Unmack. Der Schüler von Le Corbusier beschäftigte sich als einer der ersten Architekten überhaupt mit industriell gefertigten Bauteilen und begeisterte renommierte Kollegen wie Henry van de Velde, Hans Scharoun und Hans Poelzig. Der Werbeslogan: »Preiswert – Dauerhaft – Wärmedämmend – Zweckmäßig – Modern«. Diese Innovation wurde mit Preisen auf Weltausstellungen überhäuft, Wachsmann galt als ihr hervorragendster Vertreter. Auf seinen Plan hin entstand die Mustersiedlung Niesky mit ihren fast hundert aus Normteilen gefertigten Häusern. Ein Leitsystem führt die Besucher heute an ihnen vorbei. »Holz wird für das Bauwesen immer interessant bleiben«, war sich Konrad Wachsmann sicher. Die sowjetische Besatzungsmacht ließ alle noch vorhandenen Anlagen der holzverarbeitenden Produktion 1945 demontieren und beendete damit die Geschichte von Christoph & Unmack als Holzbauunternehmen in Niesky.

Christoph & Unmack produzierten jedoch nicht nur Holzbauten, sondern auch Schienenfahrzeuge. »Unter anderem wurden in Niesky Güter-, Post- und Reisezugwagen für die Deutsche Reichsbahn sowie Straßenbahnen montiert. Zum Produktionsprofil gehörten aber auch Brücken, Motoren, Dampfmaschinen und andere Großgeräte aus Stahl. Ende der 1920er Jahre entwickelte die Waggonbaufabrik Christoph & Unmack in

Kooperation mit dem Sachsenwerk Dresden-Niedersedlitz einen neuen Straßenbahntyp, den innovativen ›Hechtwagen‹.« Mit dem Kürzel LOWA bezeichnete die sozialistische Planwirtschaft die 1945 gegründete Vereinigung Volkseigener Betriebe Lokomotiv- und Waggonbau, zu der unter anderem Betriebe in Görlitz, Bautzen, Zittau und Werdau gehörten. Als VEB Kombinat Schienenfahrzeugbau der DDR existierte der Fabrikverbund bis zum Ende der DDR. Der VEB LOWA Waggonbau Niesky produzierte Güterwagen und Güterwagendrehgestelle.

VEB LOWA Niesky: die Arbeitsstelle von Albert Fux

Im VEB LOWA Waggonbau Niesky war Albert Fux als Schlosser tätig. Sein Arbeitsweg betrug sieben Kilometer, die er per Motorrad, Fahrrad oder Bahn zurücklegte. Im Februar 1951 hatte man seine Frau Elsa noch immer nicht gefunden. Der Ehemann galt den Ermittlern zwar als verdächtig, doch war man vor Ort geneigt, den Fall als unaufgeklärt zu den Akten zu legen.

Am 12. Februar 1951 verfasste die Kriminalpolizei Niesky ihren abschließenden Bericht: »Aufgrund der erstellten Vermißtenanzeige betreffs der Hausfrau Elsa Fux wurden seitens der Abteilung K Niesky Ermittlungen angestellt. Da der Anzeigenerstatter den Verdacht äußerte, daß das Verschwinden der Fux mit einem Verbrechen in Zusammenhang gebracht werden kann. Begründet wird dieser Verdacht damit, da das Ehepaar Fux nicht in bestem Einvernehmen gelebt hat und dem Verschwinden der Elsa Fux ein Streit verbunden mit Tätlichkeiten vorausgegangen ist. Der Ehemann der Vermißten, Albert Fux, wurde verantwortlich vernommen und erklärte, daß seine Frau ihm von jeher Eifersuchtsszenen bereitete und er aus diesem Grunde am 2.12.1950 abermals eine Auseinandersetzung mit seiner Frau hatte, die dazu führte, daß seine Frau spurlos verschwand.

Durch Leutegerede ergaben sich anfangs der Ermittlungen einige Widersprüche, die den Verdacht eines Verbrechens erhärteten, zumal Fux keine Angaben über die Bekleidung seiner Ehefrau abgeben konnte. Nachdem aber die Wohnung des Fux sowie seine ganzen Räumlichkeiten durchsucht worden sind und hierbei festgestellt wurde, daß die Verschwundene ca. 25 Kleider, 6 Mäntel und diverse Unterbekleidung besessen hat, erscheinen die Angaben des Fux glaubhaft.

Die Vernehmung der Zeugen erbrachte nichts Wesentliches. Es wird vermutet, daß die Fux auf Grund der Streitigkeiten mit ihrem Ehemann Selbstmord verübt hat, indem sie sich in das ›Blaue Wasser‹ in Petershain stürzte. Dieses Wasser war bis vor wenigen Tagen mit einer undurchdringlichen Eisschicht überzogen. Die Ausmaße des Wassers betragen ca. 80 m Länge, 40–50 m Breite und 12–15 m Tiefe. Dadurch, daß dieses Wasser derartig groß ist, ist es nicht möglich, Untersuchungen ohne Zuhilfenahme entweder eines Tauchers oder der Feuerwehr anzustellen. Die Leiche ist bis zum heutigen Tag nicht aufgefunden worden, ebenso ist über den Verbleib der Fux nichts festgestellt worden.« Der Vermisstenfall wurde der Staatsanwaltschaft zur Kenntnisnahme übergeben, die schien sich der Sache noch nicht sicher und bat in der Landeshauptstadt um Rat.

»Am 13.3.1951 gelangte der Vorgang der Fux, Elsa, zur Kenntnisnahme an die Mordkommission Dresden. Nach Durcharbeitung des Vorganges und der Aufstellung der zahlreichen Widersprüche verschärft sich der Verdacht, daß der Fux, Albert, seine Ehefrau getötet hat. Nach Rücksprache mit der BdVP Sachsen Abtlg. K Dez. C1, Komm. Brandt wurde der Beschluß gefaßt, den Vorgang von der MK Dresden von Grund auf neu zu bearbeiten. Aus diesem Grund wird sich die Mordkommission am 14.3.51 zur StA Görlitz und anschließend nach dem VPKA Niesky zur Aufnahme der Ermittlungen in Petershain begeben.«

Polizeipräsidium Dresden: Übernahme der Ermittlungen

Am nächsten Tag vermerkte Kommissar Brandt: »Am 14.3.51 wurde die Wohnung des Fux sowie die dazugehörigen Abstellräume einer gründlichen Durchsuchung unterzogen und erkennungsdienstlich behandelt. Anschließend erfolgte eine genaue Besichtigung der näheren und weiteren Umgebung, um evtl. Spuren und Beweise bzw. Hinweise festzustellen.« Auch die Räume von Albert Fux' Geliebten gehörten zur polizeilichen Maßnahme. »Anschließend wurde die Wohnung der in See wohnhaften Mirtschin, Frieda, einer Durchsuchung unterzogen. Bei dieser Durchsuchung sind Schuppen und Keller mit inbegriffen. Die Durchsuchung fand ihre Begründung darin, weil Fux, Albert, seit Weihnachten 1950 bei ihr wohnhaft ist und vermutet werden konnte, daß er Bekleidungsstücke der Ehefrau sowie evtl. Beweismittel dort eingestellt hat. Zu diesem Zwecke wurden als Zeugen die Delling, Elfriede, und Struck, Gertrud, beigezogen. Es wurde ein dunkelblauer Morgenrock sichergestellt, welcher einwandfrei als das Eigentum der Fux, Elsa, erkannt wurde. Zu Vergleichszwecken des Abschiedsbriefes wurden Schriftstücke des Fux, Albert, beigezogen. Im Zuge der weiteren Ermittlungen macht es sich notwendig, den in der Durchschrift befindlichen Abschiedsbrief der Fux, Elsa, beizuziehen, um von einem Sachverständigen feststellen zu lassen, wann und durch wen der Brief geschrieben worden ist.«

Nach der Hausdurchsuchung beim Verdächtigen verhörte Kommissar Brandt die Zeugen, von denen er sich sachdienliche Hinweise versprach. Zunächst musste Frieda Mirtschin bei ihm auf dem Revier erscheinen:

»Zur Person: Mirtschin, geb. Hansmann, Martha, Frieda,
geb. 28.10.1911 in Lautitz,
wh. See, Krs. Niesky, Nr. 272

Zur Sache: Im Sept. 1950 habe ich den Fux, Albert, in der Fa. Lowa Waggonbau Niesky kennengelernt. Im genannten Betrieb bin ich als Elektroschweißerin beschäftigt. Fux arbeitet nicht in meiner Abteilung.

Am 20. Okt. 1950 besuchte mich Fux erstmalig in meiner Wohnung. Er blieb nicht über Nacht, sondern verließ gegen 22.30 Uhr wieder meine Wohnung. Mir war bekannt, daß Fux verheiratet ist, auch hat er mir erzählt, daß seine Ehe keine gute sei, denn seine Frau würde nicht früh aufstehen und nicht kochen. Am 26. Okt. 1950 habe ich den Fux abends in seiner Wohnung besucht, übernachtet habe ich nicht, sondern habe um 2 Uhr mit dem Fux die Wohnung wieder verlassen und bin mit dem Fahrrad in meine Wohnung nach See gefahren. Fux ist nicht bei mir geblieben, sondern zurückgefahren. An diesem Abend erzählte mir Fux, daß seine Frau in Königswartha bei einer Schwester weilt. Anfang Nov. wiederholte ich einen Besuch bei Fux und blieb über Nacht. Fux sagte mir an diesem Abend, daß sich seine Frau wieder bei ihrer Schwester in Königswartha befindet. Fux war in der folgenden Zeit des öfteren in meiner Wohnung blieb jedoch nicht über Nacht. Ende Nov. 1950, das genaue Datum kann noch festgestellt werden, nahm ich an einem Sonnabend an der Geburtstagsfeier des Arbeitskollegen Reinhold Dietel teil. Am nächsten Tag, an einem Sonntag, erschien vormittags der Fux bei mir, um dem Hauswirt Schmidt einige Scheiben einzuglasen. Gegen Mittag kam Fux dann in meine Wohnung, und ich mußte feststellen, daß er sehr übernächtigt und müde aussah. Dieses sagte ich auch dem Fux, worauf er erwiderte, daß es zwischen ihm und seiner Frau in der vorangegangenen Nacht zu einer Auseinandersetzung gekommen sei, und seine Frau die Wohnung verlassen habe. Fux habe auf dem Sofa gelegen, und die Frau habe ihn gefragt, ob er morgen wieder fort fährt. Nachdem Fux dies bestätigt hatte, habe er seiner Frau gesagt, daß er sich scheiden lassen will und daß er jetzt geht. Anschließend hätte es einen heftigen Wortwechsel gegeben, im Verlauf dessen seine Frau zu einer Blumenvase gegriffen hätte, welche vorher auf dem Küchenschrank gestanden hat, und mit dieser auf ihn zugegangen ist. Fux habe dann seiner Frau einen Stoß auf die Brust gegeben. Fux hat mir nicht gesagt, was dann weiter mit seiner Frau geschehen ist, sondern er hat nur gesagt, daß er sich angezogen und die Wohnung verlassen habe. Er sei dann die Dorfstr. entlanggegangen bis zu einem gewissen Pietsch. Dann sei er wieder zurückgegangen, und da in seiner Wohnung noch Licht brannte, habe er seinen Spaziergang fortgesetzt. Als er dann einige Zeit später wieder vor seiner Wohnung erschien, sei es in der Küche dunkel gewesen. Er habe dann die Wohnung betreten und seine Frau nicht mehr angetroffen. Ob Fux dann noch geschlafen hat, weiß ich nicht. Auf Grund der oben gemachten Wahrnehmungen glaube ich es jedoch nicht. Auf meine Frage, ob er weiß, wo seine Frau hin sei, antwortete er mir, daß sie wahrscheinlich in Königswartha sich aufhält. Am nächsten Sonnabend nach diesem Zwischenfall, am 9. Dez. 1950, habe ich auf Veranlassung des Fux bei ihm übernachtet. Obwohl ich Zweifel wegen der Rückkunft der Ehefrau hegte und sehr unruhig war, versuchte mich Fux zu beruhigen, indem er mir den Abschiedsbrief seiner Frau zeigte und äußerte, daß sie nach 19.30 Uhr nicht mehr zurückkommen kann. Mit dieser Uhrzeit war die Ankunft eines Zuges aus Königswartha gemeint. Da Fux seiner Sache sicher schien, ließ ich mich von ihm beruhigen und blieb die Nacht über dort.

Am 19. Dez. 1950 habe ich mich krankgemeldet. Er kam am 1. Weihnachtsfeiertag in meine Wohnung und blieb über Nacht. Am 15. Jan. 51 wurde ich in das Krankenhaus Niesky wegen einer Blinddarmentzündung eingeliefert. In dieser Zeit hat mich Fux hin und wieder besucht. Ich habe noch einmal die Wohnung des Fux betreten, und zwar hat er sich verschiedene Wäsche und Linoleum aus der Küche und aus dem Schlafzimmer genommen und in meine Wohnung genommen. Seit dem 9. Dez. 1950 habe ich nicht mehr in der Wohnung des Fux übernachtet. Seit Weihnachten 1950 wohnt Fux ständig bei mir, übernachtet und wird von mir beköstigt. Von diesem Zeitpunkt an versorge ich auch die Wäsche für ihn, was vorher nicht der Fall gewesen ist. Fux brachte mir auch ein ganzes Teil schmutzige und zerrissene Wäsche mit.

Als ich im Krankenhaus lag, hat mir Fux einen dunkelblauen Morgenrock mitgebracht mit dem Hinweis, daß dieser von seiner Frau ist. Ich habe diesen auch benutzt. Am 2. Fbr. 1951 wurde ich aus dem Krankenhaus wieder entlassen. Fux hat mir keine Sachen geschenkt und auch keine Sachen der vermißten Ehefrau bei mir eingestellt.

Ich möchte erwähnen, daß Fux noch vor dem 2. Dez. 1950 zu mir gesagt hat, daß er sich scheiden lassen will und daß er mich heiraten will. Die von Fux gemachten Äußerungen habe ich ernst genommen. Die Ehefrau Fux habe ich nie gesehen, d. h. persönlich nie gekannt, gesehen habe ich sie nur auf einem Bild, welches mir Fux am 9. Dez. 1950 gezeigt hat.

Kurz vor Weihnachten teilte mir Fux mit, daß die Kriminalpolizei in seinem Hause Vernehmungen und Untersuchungen durchführe, und daß es möglich ist, daß er festgenommen wird. Er sagte mir noch, daß ich mir das Radio holen soll. Als er dann an diesem Abend gegen 19 Uhr zurückkam, schien er offensichtlich erleichtert und aufgeschlossener zu sein.

Anfang Nov. 1950 hatte ich mit dem Fux den ersten Gv. In der folgenden Zeit war dies dann laufend der Fall gewesen. Beim Gv. ist mir nichts besonderes aufgefallen, d. h. mir ist nicht aufgefallen, daß Fux sich besonders erregte oder von mir unnormalen Gv. verlangt hat.

Ich kann nicht angeben, wie viel Paar Wohnungsschlüssel Fux z. Zt. noch im Besitz hat.

Meine Aussagen entsprechen der Wahrheit, was ich mit meiner Unterschrift bestätige.«

Wohnort der Frieda Mirtschin: See

Frieda Mirtschin war nicht die einzige Frau, mit der Albert Fux seine Gattin betrogen hatte. Die vorherige Geliebte war seine Cousine und das Liebesverhältnis hatte mehr als drei Jahre angedauert. Auch sie wurde polizeilich zum Verschwinden der Elsa Fux befragt.

»Zur Person: Grothe, geb. Fux, Meta,
geb. 16.9.1899 in Mücka,
wh. Mücka Nr. 152

Zur Sache: Der Fux, Albert, ist mein Cousin. Seit etwa 1947 bis 1950 unterhielt ich mit ihm ein intimes Verhältnis. Aufgrund einer Meinungsverschiedenheit im Sommer 1950 trennten wir uns, und er kam nur noch vereinzelt in meine Wohnung. Es muß im Frühjahr 1949 gewesen sein, als der Fux 2 Autoreifen bei mir unterstellte. Kurze Zeit später wurde der eine Reifen von seinem Bruder und der andere Reifen von ihm wieder aus meinem Grundstück gebracht. Ich vermute, daß diese Autoreifen aus einem Diebstahl herrühren. Beweise dafür kann ich jedoch nicht erbringen. Fux bezeichne ich als einen sehr verschlossenen Charakter, welcher sich vor allem mir gegenüber als äußerst frech und brutal zeigte. Dieses kam besonders zum Ausdruck bei den zwischen uns durchgeführten Gv. Er war in dieser Beziehung sehr stark veranlagt und versuchte, auf unnormale Art den Gv. durchzuführen. Etwa im Sommer 1949 war er abermals bei mir in der Wohnung, und ich möchte berichtigen, es war im Wald, als wir uns zufällig trafen, und er zum Ausdruck brachte: ›Was willst du machen, wenn ich dich umlege?‹ Bei diesen Worten holte er ein Messer aus der Hosentasche und ließ die

Klinge einschnappen. Da ich keine Angst zeigte, und ich auch nicht wußte, was er direkt von mir wollte, ließ er von mir ab, und wir trennten uns. Bemerken möchte ich, daß der Fux mit meinem Verwandtenkreis nur flüchtig verkehrte und keinerlei enge Beziehungen zu einer Person pflegte.

Im Jan. 1951 kam in den Abendstunden Alberts Bruder Wilhelm Fux zu mir und sagte, ›es sieht um Albert brenzlig aus‹. Er meinte, ich sollte mich auf das Aussageverweigerungsrecht beziehen.

Mir ist bekannt, daß der Fux mit seiner Ehefrau in sehr schlechter Ehe lebte, und es kam sehr oft zu starken Auseinandersetzungen. Meiner Ansicht nach muß es im Herbst 1949 gewesen sein, als Fux bei mir erschien und mitteilte, daß er morgen noch einmal zu mir kommt, um über etwas besonderes zu berichten. Er zeigte dabei ein sehr aufgeregtes Wesen. Wie vereinbart, erschien er dann wieder und führte an, daß am Vortag bei ihm zu Hause Streit gewesen ist, in dessen Verlauf er seine Frau geschlagen hatte. Sie habe die große Schnauze gehabt, und aus seinem Erzählen mußte ich entnehmen, daß er seine Frau sehr stark geschlagen hat. Beim Weggehen sagte er zu mir, ›jetzt muß ich mal nach Hause gehen, um zu sehen, ob sie noch lebt oder ob ich sie gar totgeschlagen habe‹. Als er zurückkam, sagte er, daß sie jetzt mindestens 14 Tage keine Zigarette in ihre Schnauze stecken kann und daß die Gusche eben nicht klein zu kriegen sei.«

Wohnort der Meta Grothe: Mücka

Den Ermittlern fielen die Bösartigkeiten auf, mit denen Meta Grothe das Verhalten ihres Cousins schilderte. Fraglich blieb, was bei ihrer Aussage die Wahrheit war und was Rache aufgrund ihres Verlassenwerdens, denn ganz offensichtlich war, dass die Trennung von Albert Fux bei der Geliebten tiefe Wunden hinterlassen hatte, die Meta noch immer schmerzten. Sie schilderte Albert Fux als einen Mann, der durchaus zu einer Gewalttat fähig war. Mit einem Messer habe er sie bedroht: »Was willst du machen, wenn ich dich umlege?« Dass der Mordverdächtige seine Frau geschlagen hatte stand außer Zweifel. Meta Grothes Aussagen ließen Albert Fux noch verdächtiger erscheinen. Doch Beweise lieferten weder das Verhör mit ihr noch mit Frieda Mirtschin noch mit Elli Delling und auch nicht das mit Konrad Struck. Der Vermisstenfall blieb trotz des neuen Anlaufs ungeklärt.

Die Wendung, die zur Lösung des Falles führte, ereignete sich drei Tage später. »Am 18.3.1951 gegen 16.00 Uhr wurde der Mordkommission Dresden vom VPKA Niesky telefonisch mitgeteilt, daß am gleichen Tage gegen 14.00 Uhr von Gästen, welche bei der in der Ziegelei wohnhaften Delling zur Taufe weilten, bei einem Spaziergang durch den Wald in einer Erdvertiefung ein Knochen gefunden worden ist. Vermutlich handelt es sich bei dem Knochen um ein skelettiertes Menschenbein. Das VPKA Niesky wurde angewiesen, bis zum Eintreffen der MK Dresden den Fundort zu sichern.«

Die Ermittler gruben im Wäldchen keine dreihundert Meter von der Petershainer Ziegelei entfernt eine Frauenleiche aus der Erde. Wahrscheinlich hatte Wild das Bein der Toten freigelegt. Die Identität wurde bestätigt: Es war die langgesuchte Elsa Fux. Das gerichtsmedizinische Gutachten stellte fest: »Es handelt sich um die stark mit Erde verschmutzte Leiche einer Frau im Alter von etwa 40 Jahren. Die Leiche weist multiple Schädelverletzungen auf, die zum Teil zu Platzwunden und multiplen Schädelfrakturen geführt haben. Außerdem besteht ein subdurales Hämatom. Diese Verletzungen haben mit an Sicherheit grenzender Wahrscheinlichkeit zum Tode der Fux geführt. Diese Verletzungen sind der Fux offenbar mit einem stumpfen Gegenstand zugefügt worden.«

Der Fundort mit Leiche: ein Schützenloch

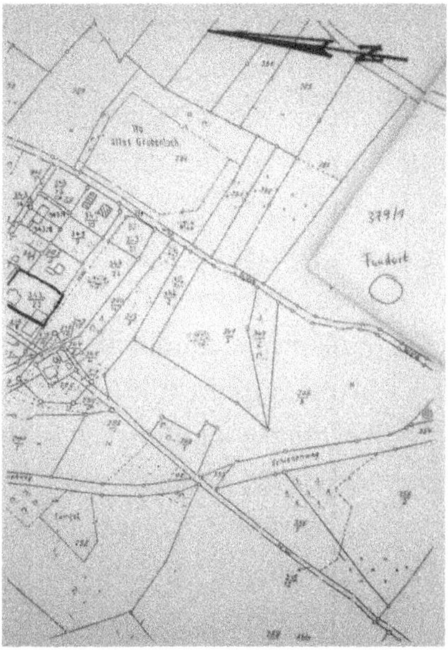

Tatort (Kästchen) und Fundort (Kreis) eingezeichnet auf einer Karte

Der Fundort heute

Albert Fux wurde sofort in Haft genommen und legte bei dieser Beweislast sein Geständnis zunächst kurz und schriftlich nieder. Am 20. März 1951 folgte das Verhör in Dresden, das Auskunft über Leben, Liebe und die Nacht der Tat gab. »Aus der Haft vorgeführt wird der Fux, Albert. Nachdem er zur Wahrheit ermahnt wurde, macht er folgende Aussagen:

Zur Person: Fux, Hermann Albert,
geb. 20.10.1905 in Reichwalde
wh. Petershain, Krs. Niesky, Ziegelei
Beruf: Schlosser
Einkommen: monatlich DM 370,--
brutto durchschnittlich
Vermögen: Grundstück in Görlitz
Wert: DM 7.000,--
Verheiratet mit Elsa Fux, geb. Struck,
verstorben 2.12.1950
Kinder: keine
Staatsangehörigkeit: deutsch
Vater: verstorben

Mutter: Thekla Fux, geb. Jänisch, wh. Reichwalde Nr. 57
Vorstrafen: DM 70,-- wegen Obstdiebstahl im Jahre 1950

Zur Sache: Am 20.10.1905 wurde ich als 1. Kind der Eheleute Fux in Reichwalde geboren. Mein Vater unterhielt damals eine kleine Wirtschaft, welche heute von meinem Bruder Wilhelm weitergeführt wird. Insgesamt hatte ich noch 3 Geschwister. Die Schwester Anna verstarb im Alter von 9 Monaten und der Bruder Emil hat 1934 Selbstmord durch Erschießen verübt. In der Zeit von 1912–1920 besuchte ich die Volksschule in Reichwalde. In der Schule bin ich gut fortgekommen, ich bin niemals zurückgeblieben. Als Abgangszensur hatte ich ›gut‹. Nach der Schulentlassung war ich ein Jahr bei meinen Eltern und half meinem Vater in der Wirtschaft. 1921 erlernte ich in Niesky bei dem Schlossermeister Max Habenicht das Schlosserhandwerk. Die Prüfung als Geselle im Jahre 24 bestand ich mit ›gut‹. Nachdem ich ausgelernt hatte, verblieb ich bei dem Meister noch 4 Wochen. Anschließend arbeitete ich ca. 8 Wochen in Spremberg bei Keitzel & Co. in meinem Beruf. Ich wurde dann arbeitslos und arbeitete bei meinem Onkel ca. 1 Jahr als Handlanger. Daran folgend ging ich auf Wanderschaft und kehrte nach etwa 1¾ Jahren zu meinen Eltern zurück. Während meiner Wanderschaft habe ich 13 Monate in Frankfurt/Main in meinem Beruf gearbeitet. Ich arbeitete dann ¼ Jahr in Rietschen in einer Schamottefabrik. Am 5.5.1927 nahm ich bei Christoph & Unmack in Niesky, jetzt Lowa, eine

Arbeit als Schlosser an. In dieser Firma war ich bis zu meiner Einberufung am 20.12.1943 beschäftigt. Ich wurde nach Wilhelmshaven zur Kriegsmarine einberufen. Nach einer kurzen allgemeinen Ausbildung kam ich als Handwerker nach Bremerhaven. Dort blieb ich bis 1945 und kam anschließend 6 Wochen in ein Internierungslager. Ich wurde dann dort entlassen und arbeitete in der folgenden Zeit als Schlosser bei der Firma Ernst Busch in Bremerhaven. Im Mai 1947 kehrte ich dann wieder in meine Heimat zurück.

Am 29.9.1935 habe ich die Elsa Struck, wh. in Petershain, geheiratet. Nach der Eheschließung wohnten wir 1 Jahr zur Untermiete bei den Eltern meiner Ehefrau. Während dieser Zeit konnte ich bereits feststellen, daß die Harmonie zwischen uns beiden nicht gerade gut war, was daran lag, daß meine Frau gern fortgehen wollte, und ich konnte die Interessen meiner Frau nicht mehr teilen. Aus diesem Grunde kam es zwischen uns in dieser Zeit einmal zu einer heftigen Streitigkeit. Der Grund hierzu war, weil meine Frau mich aufgefordert hatte, mit tanzen zu gehen. Da ich dies ablehnte, ging meine Frau alleine tanzen. Ich fuhr dann mit dem Motorrad zu meinen Eltern und kehrte erst spät am Abend zurück. Meine Frau lag bereits im Bett und als ich mich gleichfalls ins Bett gelegt hatte, schlug sie mit einem Schuh auf mich ein. Ich sprang daraufhin aus dem Bett und versetzte meiner Frau eine kräftige Ohrfeige. Meine Frau schrie dann heftig auf, was zur Folge hatte, daß ihre Eltern ins Zimmer geeilt kamen. Die Streitigkeit fand dann ihren Abschluß. Da sich meine Frau auch nicht gut mit ihren Eltern verstand und es zwischen diesen gleichfalls Streitigkeiten gab, bemühte ich mich um eine andre Wohnung und erhielt 1936 eine Zweizimmerwohnung im Pfarrhaus in Petershain. In der folgenden Zeit verlief unsere Ehe dann besser, es gab wohl Meinungsverschiedenheiten, jedoch arteten diese nicht mehr in heftigen Streitigkeiten oder Tätlichkeiten aus. Meiner Arbeit ging ich geregelt nach und gab meiner Frau reichlich Geld zum Wirtschaften. Dieses Verhältnis dauerte dann bis zu meiner Einberufung im Jahre '43 an. Auch habe ich während dieser Zeit kein außereheliches Verhältnis gehabt. Mit meiner Frau unterhielt ich normalen Gv., und trotzdem ich mir ein Kind wünschte, blieb die Ehe kinderlos.

Nach meiner Rückkehr im Mai '47 aus der westlichen Besatzungszone fuhr ich sofort wieder zu meiner Frau nach Petershain. Da ich mit einer passenden Arbeitsstelle zunächst Schwierigkeiten hatte, fuhr ich viel nach Reichwalde, um auf dem Hof meines Bruders zu arbeiten und mir Lebensmittel zu verdienen. Zur damaligen Zeit war mein Vater krank, weswegen mein Bruder den Hof übernommen hatte. Meine Frau fuhr nur sehr wenig mit nach Reichwalde, was besonders daran lag, weil meine Frau zur Bequemlichkeit neigte und es vorzog, früh lieber länger zu schlafen, als mitzuhelfen, etwas zu verdienen. Die durch meine Arbeit erworbenen Lebensmittel habe ich mit meiner Frau geteilt. Im Spätsommer 1947 erhielt ich wieder Arbeit in meinem Beruf bei meiner früheren Firma in Niesky. Im Jahr '47 verlief unsere Ehe soweit gut. Neben kleineren

Meinungsverschiedenheiten kam es zu keinen heftigen Auseinandersetzungen bzw. Tätlichkeiten.

Im Sommer '48 habe ich meiner Frau einmal gehörig die Meinung gesagt. Der Grund hierzu war, weil ein Mann aus Görlitz wiederholt mit dem Auto nach Petershain kam und mit meiner Frau und deren Freundin Kleinschmidt, Sophia, wh. Petershain, in einem Gasthof in Petershain Alkohol getrunken hat. Zur gleichen Zeit erfuhr ich von einer in Petershain wohnenden Flüchtlingsfamilie Opitz, daß meine Frau während meiner Einberufung ein ausschweifendes Leben geführt habe. Sie sagte zu mir, wenn ich dies gewußt hätte, wäre ich nicht mehr heimgekommen. Bei dem Mann aus Görlitz soll es sich um einen Freund des in Görlitz wohnhaften Gwiasda handeln. Die Äußerungen der Opitz waren nur Andeutungen, sie hat mir nicht direkt gesagt, daß meine Frau mit einem anderen Mann ein Verhältnis gehabt hat. Den Verdacht, daß meine Frau sich während meiner Abwesenheit nicht einwandfrei geführt hat, hatte ich auch einmal während meines Urlaubes im Jahr '46, als meine Frau von mir die Durchführung der sogen. französischen Liebe verlangte. Dies befremdete mich deswegen, weil wir vorher stets nur normalen Gv. durchgeführt hatten.

Nachdem ich meiner Frau die obenerwähnten Vorhaltungen gemacht hatte, kam ich mit meiner Cousine Grothe, Meta, wh. in Mücka, anläßlich eines Holzkaufes näher zusammen. Mit der Grothe hatte ich bis dahin nur wenig Verbindung unterhalten. Im Spätsommer des gleichen Jahres entwickelte sich dann zwischen mir und der Grothe ein intimes Verhältnis. Ich habe dieses intime Verhältnis nicht gesucht, weil ich zu dieser Zeit noch mit meiner Frau normalen Gv. hatte. Die intimen Beziehungen zu der Grothe hielten dann bis in das Jahr 1950 an. Während dieser Zeit, als ich mit der Grothe ein Verhältnis unterhielt, ließ der Gv. mit meiner Frau etwas nach, weswegen diese die Vermutung hegte, daß ich ein außereheliches Verhältnis unterhalte. Dies hielt sie mir auch wiederholt vor, ohne jedoch genau zu wissen, daß ich mit der Grothe in intimer Beziehung stehe. Mit der Grothe habe ich gleichfalls französische Liebe ausgeführt. Bei dem Gv. mit der Grothe habe ich vorher niemals Gewalt anwenden brauchen.

Ich entsinne mich, daß ich einmal zu der Grothe außerhalb der Wohnung auf einer Wiese gesagte habe – Ich möchte berichtigen, wenn die Grothe behauptet, daß ich zu ihr gesagt haben soll, ›ich lege dich um‹, wobei ich ihr ein Taschenmesser gezeigt habe, so kann das stimmen, jedoch kann ich mich nicht mehr genau darauf besinnen. Diese Äußerung ›umlegen‹ bezieht sich auf das geschlechtliche, niemals hatte ich die Absicht noch einen Grund, sie zu töten. Ich bin auch im Besitz eines Taschenmessers, welches beim Öffnen der Klinge feststeht.

In der folgenden Zeit wurde unser Eheverhältnis immer schlechter. Wenn ich von der Arbeit später heim kam oder bei meinem Bruder über Nacht blieb, vermutete sie ein außereheliches Verhältnis und machte mir ständig Vorhaltungen. Meine Frau stand dann früh nicht mehr auf, bereitete mir kein Frühstück und stopfte mir auch keine Strümpfe mehr. Ich habe dann selbst Strümpfe gestopft und mich mit dem Nötigsten versorgt, ohne auf meine Frau angewiesen zu sein. Wenn ich von meinem Vater Lebensmittel mitbrachte, gab ich ihr nicht mehr alles, sondern behielt einen Teil für mich zurück.

Ende Juli '48 an einem Sonnabend kehrte ich gegen 21.30 Uhr in die Wohnung zurück. Der Grund, weswegen ich so spät kam, war, weil ich in Reichwalde bei meinem Bruder zu Besuch geweilt hatte. Meine Frau empfing mich mit den Worten: ›Bist wieder bei der alten Hure gewesen und hast wieder lange genug mit ihr rumgehurt!‹ Ich habe daraufhin keine Antwort gegeben. Ich habe ihr nur gesagt, daß ich nicht dort gewesen sei. Nachdem ich mir die Schuhe ausgezogen hatte, ergriff meine Frau, ohne daß ich sie mit Worten gereizt hatte, den Feuerhaken und kam auf mich zu. Den Angriff meiner Frau erkennend, riß ich die Tür auf, eilte hinaus und hielt die Tür von draußen zu. Meine Frau schlug dann mit dem Feuerhaken derart heftig an die Tür, daß er an der Türfüllung stecken blieb. Ich riß die Türe auf, ging auf meine Frau zu und schlug ihr mehrmals mit der Faust auf die Brust und ins Gesicht. Sie fiel dann auf das Bett und ich kniete über meiner Frau und schlug sie mehrmals mit der rechten Faust und der flachen Hand in das Gesicht, während ich mit der linken Hand sie am Halse festhielt. Meine Frau wehrte sich und schrie laut um Hilfe. Obwohl die Nachbarsleute, wie ich später erfahren habe, die Hilferufe meiner Frau gehört hatten, eilten sie nicht zur Hilfe. Nach meinem

Dafürhalten war nicht der Grund, weil sie Angst vor mir hatten, sondern weil sie auf meine Frau nicht gut zu sprechen waren. Die Tochter vom Fleischermeister Krug aus Petershain sagte mir später einmal, daß dies ganz richtig gewesen wäre, daß sie ihre Fresse voll gekriegt hat, der gleichen Meinung war auch die Frau Hermann von der Post.

Es entspricht nicht der Wahrheit, daß ich anschließend zu der Frau Grothe gesagt haben soll, daß ich meiner Frau tüchtig die Fresse vollgehauen habe, daß sie für die nächsten 14 Tage keine Zigarette mehr in die Schnauze kriegt, und daß ich nach Hause fahren will, um nachzusehen, ob ich sie gar totgeschlagen habe. Ich entsinne mich, daß ich nach diesem Zwischenfall etwa 14 Tage nicht zu der Grothe gekommen bin. Später erfuhr ich von der Grothe, daß am selben Abend bzw. am nächsten Tag, als ich meine Frau geschlagen hatte, der Sohn des Fleischermeisters Krug, Dieter, zu der Grothe gesagt hat, daß ich meiner Frau die Fresse vollgeschlagen habe.

Im Jahre '49 hielt das Verhältnis mit der Grothe an. Desgleichen blieb das gespannte Verhältnis zwischen mir und meiner Frau bestehen. Neben kleineren Streitigkeiten ist es zwischen mir und meiner Frau zu keinen größeren Streitigkeiten und Tätlichkeiten gekommen.

Im Frühjahr 1950 fuhr ich im Auftrage meiner Arbeitsstelle mehrere Wochen nach Berlin zur Montage. Kurz vor dieser Fahrt habe ich das Verhältnis zu der Grothe abgebrochen. Hierzu möchte ich erwähnen, daß ich bereits im Jan. 2 Tage in Berlin war und daß die Grothe im Dorf erzählt hat, ich hätte ihr von Berlin Pakete geschickt. Da meine Frau auf Grund dieses Gerüchtes mir erneute Vorhaltungen machte, habe ich deswegen mit der Grothe Schluß gemacht, um keine weiteren Streitigkeiten mit meiner Frau aufkommen zu lassen. Ein anderer Grund liegt meines Wissens nicht vor.

Der Sommer '50 verlief ohne besondere Vorkommnisse. Ich unterhielt während dieser Zeit keine außerehelichen Verhältnisse. Trotzdem ließen die Spannungen in meiner Ehe nicht nach, was daran lag, weil meine Frau für mich kein Frühstück mehr bereitete, und ich weiterhin meine Strümpfe waschen und stopfen mußte. Erwähnen möchte ich, daß ich im Mai '50 vom Pfarrhaus nach der Ziegelei umgezogen bin. Dort bewohnten wir dann 2 separate Zimmer. Auch beim Umzug gab es Streitigkeiten, weil ich meiner Frau die Möbel nicht richtig hingesetzt hatte. Es lag besonders in der Art meiner Frau, über jede Sache zu nörgeln. Um allen Streit zu vermeiden, habe ich mich trotz allem ruhig verhalten. Es lag hierbei jedoch keine Absicht vor, meine Frau durch mein negatives Verhalten erneut zu reizen.

Im Herbst 1950 lernte ich in meiner Arbeitsstelle die in See wohnende Mirtschin, Frieda, kennen. Ab Okt. '50 verkehrte ich dann mit der Mirtschin intim. Obwohl meine Frau nichts positives wußte, vermutete sie ein Verhältnis, und sie äußerte einmal, wenn ich nicht mehr zur Grothe fahre, da werde ich schon irgendwo eine andere haben, denn sonst würde ich es nicht aushalten. Trotzdem ich erneut ein außereheliches Verhältnis unterhielt, kam es zeitweilig zwischen meiner Frau und mir zum Gv., was jedoch nicht mehr regelmäßig war. Der Herbst und Winter verlief ohne besondere Zwischenfälle mit meiner Frau. Das gespannte Verhältnis jedoch blieb bestehen, weil meine Frau mich nicht entsprechend wirtschaftlich versorgte.

Erwähnen möchte ich, daß meine Frau im Herbst 1950, ohne mir etwas zu sagen, nach Görlitz gefahren ist und erst am nächsten Tag wieder zurückkam. Ich habe meiner Frau dieserhalb keine Vorhaltungen gemacht, sondern erfuhr erst einige Tage danach von ihr, daß sie in Görlitz war und dort Geburtstag gefeiert hätte. Nach Angaben meiner Frau soll es sehr lustig gewesen sein, auch habe sie Sekt getrunken. Auch lag es in der Gewohnheit meiner Frau, daß sie, wenn Streitigkeiten vorangegangen waren, ohne etwas zu sagen, für ein paar Tage weggefahren ist. Nachträglich erfuhr ich dann immer, daß sie sich bei ihrer Schwester Kemmel in Königswartha aufgehalten hat.«

Dann schilderte Albert Fux den Abend und die Tatausführung. »Am 2.12.1950 stand ich gegen 5.30 Uhr gewohnheitsgemäß auf, um zu meiner Arbeitsstelle nach Niesky zu fahren. Trotzdem meine Frau auch an diesem Morgen nicht aufstand, gab es zwischen uns keine Auseinandersetzung. Da der fragliche Tag ein Sonnabend war, hörte ich mit der Arbeit um 11.30 Uhr auf und fuhr auf der Heimfahrt mit dem Fahrrad zu der Mirtschin in See. Dort besuchte ich sie und verblieb etwa 1 Stunde bei ihr. Ich fuhr dann nach Hause und betrat etwa gegen 13 Uhr die Wohnung. Meine Frau hatte bereits gegessen, so daß ich das warmgestellte Essen allein einnahm. Anschließend räumte ich den Schuppen auf und arbeitete in meinem Bienenhaus. Zeitweilig betrat ich auch das Haus und unterhielt mich mit Hausbewohnern. Meine Frau wischte die Küche auf und beschäftigte sich mit Einkochen von Schweinefleisch. Dieses Fleisch hatte ich einige Tage vorher von meinem Bruder teilweise für geleistete Arbeit und teilweise gegen Bezahlung erhalten.

Als es dunkelte, es kann gegen 17 Uhr gewesen sein, verließ meine Frau das Haus und begab sich in das Dorf. Meine Frau kehrte etwa gegen 19.30 Uhr wieder zurück. Wo sie sich aufgehalten hat, kann ich nicht angeben. Etwa gegen 20 Uhr aßen wir Abendbrot. Anschließend bereitete meine Frau warmes Wasser und badete sich in der Küche. Während dieser Zeit hielt ich mich gleichfalls in der Küche auf und saß auf einem Stuhl neben dem Radiotisch, um Radio zu hören. Dies tat ich mit besonderer Vorliebe, da die Musik für mich ein Ausgleich für meine schlechte Ehe war. Ich habe mit meiner Frau sehr wenig gesprochen und was ich mit ihr besprach, drehte sich hauptsächlich um das Einkochen des Fleisches. Auf meine Veranlassung hin hat meine Frau von dem Fleisch etwa 6–8 Pfd. meinen Schwiegereltern zukommen lassen. Ich erwähne dies deswegen, damit Sie den Eindruck gewinnen, daß ich keinesfalls geizig gewesen bin.

Etwa gegen 21 Uhr war meine Frau dann mit dem Baden fertig, sie zog sich ein Nachthemd an, setzte sich auf das Chaiselongue und brannte sich eine Zigarette an. Ich saß immer noch auf dem Stuhl und hörte Radiomusik. Bis zu dieser Zeit hatte es zwischen uns keine Meinungsverschiedenheit gegeben, auch hatte ich von mir aus keinen Anlaß hierzu gegeben. Nachdem sich meine Frau eine zweite Zigarette angebrannt hatte, fragte sie mich, ob ich morgen wieder nach Niesky ins Krankenhaus fahre. Ich gab hierauf meiner Frau keine Antwort. Kurz danach fragte sie abermals, ob ich morgen wieder nach Niesky fahre, und brachte zum Ausdruck, daß es am besten wäre, ich würde meine Sachen packen und ganz nach Niesky fahren. Erwähnen möchte ich, daß ich am Sonntag vorher gegen 14 Uhr angeblich nach Niesky gefahren bin. In Wirklichkeit aber hielt ich mich bei der Mirtschin auf, von wo aus ich erst gegen 18 Uhr zurückkehrte. Auf die zweite Frage meiner Frau gab ich gleichfalls keine Antwort. Sie fragte mich dann noch einiges, worauf ich ihr sagte, daß ich morgen nach Niesky fahre. Auch sagte ich meiner Frau, daß ich meine Sachen packen werde und zu der Frau fahren werde, ›die ich liebe, die ich von ganzem Herzen liebe, und die mehr für mich übrig hat als wie du. Aber von meinen Möbeln kriegst du nichts, die werde ich alle zerhacken und auf den Hof schaffen und verbrennen.‹ Während dieser Zeit war meine Frau aufgestanden und lehnte am Küchenschrank, wo sie ihre Zigarette weiterrauchte.

Ich konnte sehen, daß die von mir getanen Äußerungen meine Frau sichtbar erregten, denn sie kaute mit den Zähnen auf der Unterlippe und ballte die linke Hand zur Faust. In der rechten hielt sie noch die Zigarette. Es fiel jetzt zwischen uns kein Wort mehr. Ich saß etwas schräg auf dem Stuhl und hatte meine Frau im Blickfeld. Ich sah nun, daß sich meine Frau zum Küchenschrank umdrehte und dort mit etwas hantierte. Ich konnte nicht genau sehen, mit was meine Frau hantierte, weil sie das mit der Breitseite ihres Körpers verdeckte.

Meine Frau drehte sich dann um, und ich sah, daß sie in der rechten Hand eine Bleikristallvase hielt, welche vorher leer auf dem Küchenschrank gestanden hatte. Sie erhob nun die Hand mit der Vase und kam auf mich zu, ohne etwas zu sagen. Ich nahm nun an, daß meine Frau mit der Vase auf mich einschlagen wollte. Diese Situation erkennend, sprang ich vom Stuhl auf, schlug meiner Frau mit der linken Faust von oben nach unten die Vase aus der Hand. Die Vase fiel zu Boden. Mit der rechten Faust schlug ich kräftig meiner Frau auf die Brust in Höhe des Schlüsselbeines. Von der Wucht des Schlages taumelte meine Frau bis zum Küchenschrank zurück. Meine Frau schrie einmal auf.

Während der Zeit, als meine Frau zurücktaumelte, hob ich die am Boden liegende Vase mit der rechten Hand auf und schlug mit dem Boden der Vase zweimal kräftig oberhalb der Stirn in Höhe des Haaransatzes auf den Kopf meiner Frau. Daraufhin sackte meine Frau in die Knie und fiel nach vorn der Länge nach auf den Fußboden, so daß sie mit dem Kopf etwa zwischen Küchenherd und Putzschrank zu liegen kam. Meine Frau lag nun bäuchlings auf dem Fußboden und beide Arme waren lang ausgestreckt längs des Körpers. Ich schlug nun meiner Frau etwa 2–3 Mal mit dem Boden der Vase kräftig auf den Hinterkopf.

Meine Frau gab keinen Laut von sich. Ich sah nun im Korb neben dem Küchenherd die Kohlenschaufel liegen. Diese ergriff ich mit der rechten Hand und schlug meiner Frau 2–3 Mal mit der Kante der Kohlenschaufel auf den Kopf. Ich tat dies deswegen, weil meine Frau noch lebte, und ich nunmehr die Absicht hatte, sie zu töten.

Da meine Frau trotz der ausgeführten Schläge mit der Kohlenschaufel sich noch bewegte, sah ich unter der Putzkommode an der Innenseite des linken Fußes ein kantiges Profileisenstück liegen. Dieses Profileisenstück hatte ich früher immer zum Basteln verwendet. Da dieses Profileisenstück für mich greifbar war und ich es für geeignet fand, meinen Entschluß zu Ende zu führen, ergriff ich es mit der rechten Hand. Da ich vorher bei der Handhabung der Vase und der Kohlenschaufel mich nur über meine Frau gebeugt hatte, kniete ich nunmehr links von ihr, ergriff mit der linken Hand die Haare meiner Frau, zog ihr damit den Kopf etwas nach oben und schlug mit der rechten Hand das Eisenstück haltend 4–5 Mal kräftig auf das Schädeldach.

Nach diesen Schlägen gab meine Frau nur noch geringe Lebenszeichen von sich. Ich ließ ihren Kopf wieder los und legte das Eisenstück neben meiner Frau auf dem Fußboden ab. Die Vase und die Kohlenschaufel lagen gleichfalls auf dem Fußboden neben meiner Frau, so wie es mir aus den Händen gefallen war.

Ich sah nun, daß meine Frau aus der Kopfwunde blutete. Ich setzte mich nun auf das Chaiselongue. Von hier aus konnte ich sehen, daß der Körper meiner Frau noch etwas zuckte, und nunmehr kam mir die Schwere meiner Handlung voll zu Bewußtsein.

Während dieser Handlung brannte das elektrische Licht, es spielte das Radio, das Küchenfenster war von innen zugehangen, und die Küchentür war unverschlossen. Ich verschloß nun die Tür von innen, drehte das Radio aus und verlöschte das Licht. Anschließend setzte ich mich wieder auf das Chaiselongue. Dort saß ich ca. eine Stunde, ohne zu einem bestimmten Entschluß zu kommen, was nun weiter werden sollte. Die ganze Handlung als solche hat sich sehr rasch hintereinander abgespielt. Nach meinem Dafürhalten kann es höchstens 1 Minute gedauert haben.

Nachdem mir der Gedanke gekommen war, daß die von mir begangene Handlung keineswegs bekanntwerden darf, faßte ich den Entschluß, die Leiche meiner Frau aus der Wohnung zu schaffen. Ich war mir jedoch hierbei noch nicht im klaren, wo ich sie hinschaffen soll. Ich stand dann auf, brannte das elektrische Licht an und ging zu meiner Frau. Ich horchte meiner Frau auf der linken Seite des Rückens, und ich konnte keine Herztöne mehr feststellen. Ich faßte dann nach den Händen und Füßen und konnte feststellen, daß diese bereits begannen, kalt zu werden. Ich drehte dann meine Frau auf den Rücken und sah, daß die Augen meiner Frau grauglläsern waren.

Nachdem ich die Küchentür aufgeschlossen und die Haustür aufgeklinkt hatte, hob ich die Leiche meiner

Frau vom Fußboden auf, legte sie auf den Küchentisch, dort faßte ich sie mit beiden Händen und trug sie auf beiden Armen aus dem Haus. Vorher hatte ich mich überzeugt, daß im Haus alles still war. Ich legte die Leiche auf der Treppe vor der Haustür ab, schloß die Küchentür von außen zu, klinkte die Haustür ein. Ich hob dann die Leiche wieder auf. Ich trug die Leiche nun am Schuppen vorbei und legte sie etwa 50 m vom Haus entfernt auf meinem Holzhaufen nieder. Ich legte sie deswegen nieder, weil sie mir zu schwer geworden war. Hier war ich mir noch nicht im klaren, wo ich die Leiche meiner Frau hinschaffen soll.

Ich ging nun nochmals zu dem Haus zurück, um zu lauschen, ob im Haus irgendjemand etwas gemerkt hat. Erwähnen möchte ich, daß ich, nachdem ich die Leiche vor der Haustür abgelegt hatte, vor dem Abschließen der Küchentür, das Licht ausgelöscht hatte. Ich hob nun die Leiche vom Holzstoß wieder auf und trug sie hinter dem alten Ziegelofen vorbei und legte sie in der Nähe des Bienenhauses auf einem Grashügel ab. Ich legte die Leiche deswegen ab, weil sie mir zu schwer wurde. Ich ging nun am ›Blauen Wasser‹ entlang und hatte zunächst den Gedanken, meine Frau dort hineinzuwerfen.

Warum ich diesen Gedanken wieder aufgegeben hatte, kann ich nicht angeben. Ich ging dann weiter in Richtung der ehemaligen Schützenlöcher. Dort fand ich ein Schützenloch für geeignet, die Leiche hineinzuwerfen und zu vergraben.

Nach etwa ¾ Stunde kehrte ich zur Leiche zurück,

nahm sie wieder auf und trug sie bis zu diesem Schützenloch, wo ich sie ablegte. Auf dem Wege nach dort habe ich die Leiche noch zweimal abgelegt, weil sie mir zu schwer wurde. Ich ließ nun die Leiche mit dem Kopf zuerst in das Schützenloch hineinrutschen, der Körper und die Beine fielen dann nach vorn nach. Da ich von der Kante und Umgebung des Schützenloches keine Erde abstechen wollte, ging ich zum Schuppen zurück und holte einen Spaten und einen Eimer. Ich begab mich nun wieder zurück zum Schützenloch und holte etwa 50–60 m vom Schützenloch entfernt aus einem eingefallenen Laufgraben ca. 15–20 Eimer Sand, den ich über die Leiche schüttete. Das Schützenloch war nicht ganz zugeschüttet. Ich warf dann auf das Schützenloch noch ein paar Blechstücke, welche zufällig am Wegesrand lagen. Den Spaten und Eimer stellte ich dann in das Bienenhaus und ging langsam in meine Wohnung zurück.

Dort beseitigte ich die Spuren der Tat und wischte auf dem Fußboden eine etwa 25 cm Ø große Blutlache auf. In Höhe dieser Blutlache hat sich vorher der Kopf der Leiche befunden. Einige Blutspritzer befanden sich an der Putzkommode, welche gleichfalls von mir abgewischt wurde. Die Tatwerkzeuge wusch ich mit Wasser ab und stellte sie an ihren alten Platz zurück. Auf dem am Boden liegenden Teppich befand sich kein Blut. Der Kopf der Leiche hatte neben dem Teppich auf dem Linoleum gelegen. Meine Hosen, Pullover und Hemd waren blutig geworden. Die Sachen habe ich ausgezogen und später im Schuppen versteckt. Ich habe mich dann in der Küche gebadet und frische Wäsche angezogen. Ich ging dann schlafen. Zeitlich muß es sehr lange nach 24 Uhr gewesen sein.

Am nächsten Tag, den 3.12.1950, stand ich gegen 8 Uhr auf und fütterte die Kaninchen. Ich ging bis zu dem Holzstoß, um festzustellen, ob irgendwelche Blutspuren nach dort führen. Da dies nicht der Fall war, war ich meiner Sache sicher, weswegen ich den weiteren Weg bis zum Schützenloch nicht mehr abging. Auf das Fragen der Nachbarin Delling, wo meine Frau ist, sagte ich ihr, daß sie fort sei und wahrscheinlich wieder zu ihrer Schwester nach Königswartha gefahren ist. Auch mit der Nachbarin Böhme kam ich ins Gespräch und auf ihre Frage wegen des Schreies habe ich zu ihr gesagt, es hätte einen kleinen Krach gegeben. Im allgemeinen zeigte ich mich sehr ruhig, um keinen Verdacht aufkommen zu lassen.

Nachdem ich mir ein Mittagessen zubereitet hatte, bin ich etwa gegen 14 Uhr mit dem Fahrrad nach See zu der Mirtschin gefahren. Auch dort ließ ich mir nichts anmerken. Ich kann nicht genau angeben, ob es an diesem oder einem anderen Tage gewesen ist, als ich die Fenster in der Erdgeschoßwohnung bei der Wagenknecht eingezogen habe.

Am 9.12.1950 besuchte mich die Mirtschin mit ihrer Freundin. Auf meine Veranlassung hin, blieb die Mirtschin bei mir und übernachtete auch. Um die Mirtschin zu beruhigen, sagte ich ihr, daß die Frau zu Verwandten gefahren ist und nicht zurückkommt.

Etwa 14 Tage nach der Tat, es war an einem Donnerstag, kam die Schwägerin Struck mit der Holstein zu mir, um ein Waschbecken löten zu lassen. Die Struck fragte mich nach meiner Frau, worauf ich zu ihr sagte, daß sie in Königswartha sei. Am nächsten Tage erzählte mir die Struck, daß die Kemmel von Königswartha zu Besuch gekommen sei und sich meine Frau dort nicht aufhält. Ich sagte nunmehr der Struck, daß es am fraglichen Abend zu einem Streit gekommen sei. Ich schilderte ihr den Streit nur bis dahin, wo ich meiner Frau einen Stoß gegeben hatte. Ich gab dann an, daß ich anschließend die Wohnung verlassen hätte. Bei der Rückkehr sei dann meine Frau nicht mehr im Haus gewesen.

Erwähnen möchte ich, daß ich in der Woche nach der Tat sämtliche Papiere durchsucht habe und in diesen einen Abschiedsbrief meiner Frau vorfand. Dieser Abschiedsbrief trug kein Datum und kann möglicherweise früher, vermutlich 1948 nach der Auseinandersetzung geschrieben worden sein. Bis zum Auffinden des Briefes hatte ich vom Vorhandensein desselben keine Kenntnis. Bis zur Auffindung des Briefes trug ich mich zeitweise mit dem Gedanken, die Flucht zu ergreifen. Nachdem ich den Brief gefunden hatte, gab ich diesen Gedanken wieder auf, weil ich mich sicher fühlte. In diesen Tagen habe ich auch die versteckt gehaltene blutige Wäsche, die ich bei der Tat trug, gewaschen. Erwähnen möchte ich noch, daß ich das Nachthemd meiner Frau angelassen hatte.

Die Verwandten sowie die Mirtschin setzte ich später von dem Vorhandensein des Abschiedsbriefes in Kenntnis. Desgleichen auch meinen Bruder in Reichwalde. Ich versuchte nun im allgemeinen, den Eindruck zu erwecken, daß meine Frau möglicherweise durch Selbstmord aus dem Leben geschieden ist. Um mich nicht weiter verdächtig zu machen, ging ich am 18.12.1950 zur Polizei nach Niesky, um meine Frau als vermißt zu melden. Dort erfuhr ich, daß der Bruder meiner Frau, Struck, Konrad, am Vormittag des gleichen Tages bereits Angaben über das Verschwinden meiner Frau gemacht hatte.

Ich habe vor der Polizei Niesky deswegen unwahre Angaben gemacht, weil ich keinen Mut hatte und Angst vor der Strafe hatte, die Wahrheit zu sagen. Um meine Angaben und die Echtheit des Abschiedsbriefes meiner Frau zu erhärten, habe ich zum Zwecke des Schriftvergleiches andere Schriftstücke von meiner Frau mitgebracht.

Etwa drei Wochen nach der Tat zog ich zu der Mirtschin nach See, wo ich dann auch jede Nacht blieb. Einen Teil meiner Sachen habe ich mit zu der Mirtschin genommen, so unter anderem auch das Linoleum aus der Küche und dem Schlafzimmer. Nach Weihnachten wurde von der Kemmel ein Teil der Sachen meiner Frau – ich möchte berichtigen – sämtliche meiner Frau gehörenden Sachen abgeholt.

Es entspricht der reinen Wahrheit, daß ich vor der Tatausführung nicht den Vorsatz gehabt habe, meine Frau zu töten. Der Gedanke, meine Frau zu töten, kam mir erst, nachdem ich mit der Kohlenschaufel geschlagen hatte, und ich zu dem in der Vernehmung geschilderten Eisenstück griff. Die verwendeten Tatwerkzeuge habe ich nicht zurechtgelegt, sondern diese im Verlaufe der Handlung der Reihe nach ergriffen und wieder weggeworfen. Ich habe keiner anderen Person Kenntnis über die Tat gegeben, auch habe ich keine Andeutungen gemacht. Nachdem ich meine Frau begraben hatte, bin ich nicht nach dieser Stelle zurückgegangen, weil mich das schlechte Gewissen davon zurückhielt.

Bei der Tatausführung hatte meine Frau ihre Periode, jedoch war sie bereits im Abklingen.

Es entspricht der reinen Wahrheit, daß ich am fraglichen Abend, am 2.12.1950, vor Beginn der Tätlichkeiten meiner Frau gesagt habe, daß ich mich von ihr scheiden lassen will. Einige Zeit vorher habe ich dies auch der Mirtschin zu verstehen gegeben und ihr in Aussicht gestellt, daß ich sie heiraten will.

Meine Aussagen entsprechen der Wahrheit, was ich mit meiner Unterschrift bestätige.«

In der Untersuchungshaftanstalt Görlitz sorgte sich das Aufsichtspersonal aufgrund des Verhaltens des Gefangenen. Man schrieb am 6. Juni 1951: »Der Dienststelle wird hiermit über den geistigen Gesundheitszustand des hier einsitzenden Albert Fux folgendes mitgeteilt. Bei F. wiederholen sich laufend Angstzustände, so daß dieser des öfteren am Tage unter dem Bett hervorgeholt werden muß, was bisher immer nur in der Nacht oder bei Einbruch der Dunkelheit beobachtet werden konnte. Des Nachts muß er immer wieder aufgefordert werden, ins Bett zu gehen, ansonsten liegt er unter dem Bett oder er hockt zusammengekauert in einer

Ecke. Fux wird in den nächsten Tagen dem Anstaltsarzt vorgestellt werden.« Man stellte in der Familie psychische Erkrankungen fest. Bruder Emil hatte sich im Jahre 1934 das Leben genommen. Albert selbst hatte mit seinem Motorrad drei schwere Verkehrsunfälle gehabt. Gründe, den Täter für unzurechnungsfähig zu erklären?

Albert Fux wurde in die Landesklinik Großschweidnitz zur Beobachtung überstellt. Die Ärzte stellten am 8. Oktober 1951 folgende Diagnose: »Die im Juni ds. Js. ausgebrochene geistige Störung, die mit Angstzuständen, Unruhegefühl, Kopfschmerzen und Schlaflosigkeit einhergeht, ist als eine typische Haftpsychose anzusprechen. Vielleicht hat die erbl. Belastung des Fux das ihrige dazu beigetragen, den Ausbruch dieser geistigen Störung zu begünstigen. Ausgelöst werden aber in der Regel derartige geistige Störungen durch die Haft, die erzwungene plötzliche Abtrennung von der Außenwelt und die seelische Erschütterung durch die gegen den Beschuldigten erhobene Anklage. Die bei F. vorliegende Psychose ist zur Zeit noch nicht abgeklungen. Er ist z. Zt. weder haft- noch verhandlungsfähig. Es liegen aber keine Anhaltspunkte dafür vor, daß Fux z. Zt. der Begehung der ihm zur Last gelegten strafbaren Handlung sich in einem Geisteszustande befunden hätte, der die Voraussetzungen für Anwendung des § 51 Abs. I oder II bietet.«

Der Strafprozess gegen Albert Fux fand vor dem Landgericht in Bautzen am 10. März 1952 statt. Es erfolgte das »Urteil im Namen des Volkes! In der Strafsache gegen den am 20. Oktober 1905 in Reichwalde, Krs. Rothenburg/Schles., geborenen Schlosser Albert Hermann Fux, wohnhaft in Petershain, Ziegelei, Krs. Niesky O/L, z. Zt. in U-Haft in der Vollzugsanstalt II Bautzen wegen Totschlags hat das Schwurgericht des Landgerichts Bautzen in der Sitzung vom 10. März 1952 für Recht erkannt. Der Angeklagte wird wegen Totschlags zu 12 – zwölf – Jahren Zuchthaus verurteilt. Die bürgerlichen Ehrenrechte werden ihm auf die Dauer von 5 Jahren aberkannt. Die seit dem 14. März 1951 erlittene Untersuchungshaft wird ihm auf die anerkannte Strafe angerechnet. Die zur Tat benutzten Gegenstände, 1 Vase, 1 Schaufel und ein Profileisen werden eingezogen. Der Angeklagte hat die Kosten des Verfahrens zu tragen.«

Seine Haft verbüßte Albert Fux in Waldheim. Dort erstellte man üblicherweise jährlich einen Führungsbericht. Der vom 15. März 1957 lautet: »F. befindet sich seit dem 18.6.1952 in der StVA.-Waldheim und ist in der Betriebswerkstatt als Schlosser beschäftigt. Er ist fleißig und zuverlässig und hat eine überdurchschnittliche Arbeitsleistung aufzuweisen. Aus diesem Grunde konnte er bereits mit 3 Geldprämien ausgezeichnet werden. Er ist auch ständig bemüht, sich fachlich weiter zu qualifizieren. Im Strafvollzug verhält er sich anständig und diszipliniert und kommt den Anweisungen des Aufsichtspersonals nach. Er ist bisher noch nicht unangenehm aufgefallen. F. ist ein ruhiger Strafgefangener und ist mit seinen Mitgefangenen verträglich und hilfsbereit. Auch hält er auf Ordnung und Sauberkeit. Er bringt offen zum Ausdruck, daß er sich zu Recht verurteilt fühlt und sich der Schwere seiner Straftat bewußt ist. Er bereut selbige und möchte durch besonders gute Arbeitsleistungen und Führung einen Teil seines Verbrechens wiedergutmachen. Seine Einstellung gegenüber der heutigen Staatsform ist nicht ablehnend. In seinen Gesprächen kommt zum Ausdruck, daß er sich mit der Arbeiterklasse verbunden fühlt und sich für den Aufbau unserer Wirtschaft interessiert. An kulturellen Veranstaltungen nimmt er teil und aus der Anstaltsbücherei befaßt er sich vorwiegend mit fachlicher und fortschrittlicher Literatur. Wenn man sich sein Verhalten im Strafvollzug betrachtet, so kann gesagt werden, daß er seine Straftat einsieht und die Lehren aus selbiger zieht. Der Umerziehungsprozeß macht bei ihm gute Fortschritte.«

Die Familie ließ Albert Fux nicht fallen. Doch traf sie ein weiterer schwerer Schicksalsschlag. Bruder Wilhelm erkrankte an Leukämie und verstarb. Mutter Thekla Fux erteilte am 2. Februar 1959 einem Freund die Vollmacht. »Da ich volltaub und infolge meines Alters stark körperbehindert bin, erteile ich hiermit Herrn Gew.-Oberlehrer-Ing. Klaus Schubert, wohnhaft in Görlitz, Jahnstraße 8, die Vollmacht, mich in allen gerichtlichen und außergerichtlichen Handlungen zu vertreten.«

In ihrem Auftrag stellte Rechtsanwalt Dr. Richard Mosebach im März 1959 den Antrag auf Begnadigung. »In der Strafsache gegen Albert Fux bitte ich im Auftrage und in Vollmacht der greisen, körperlich hilflosen Mutter des Verurteilten, Frau Thekla Fux in Reichwalde, die zur Vollmachtserteilung für vorliegendes Gesuch ihrerseits den Gewerbeoberlehrer Klaus Schubert in Görlitz die beiliegende Vollmacht erteilt hat, gemäß § 346 StPO beim zuständigen Gericht zu beantragen, daß dem Verurteilten bedingte Strafaussetzung mit dem Ziel des Erlasses der noch von ihm zu verbüßenden Rechtstrafe gewährt wird.« Als Begründung führte der Anwalt an:

»Der Verurteilte hat im Jahre 1950 an seiner Ehefrau, mit der er in kinderloser Ehe lebte, nach vorangegangenem, wohl auch durch das Verhalten der Ehefrau verschuldetem Streit, einen Totschlag verübt. Er ist deshalb vom zuständigen Gericht in Bautzen zu 12 Jahren Zuchthaus verurteilt worden. In Haft ist der Verurteilte seit März 1951. Er hat als jetzt zwei Drittel der Strafzeit verbüßt.

Der am 20.10.1905 geborene Verurteilte steht jetzt im 54. Lebensjahr. Wie seiner Mutter bekannt geworden ist, soll er sich in der Strafvollzugsanstalt Waldheim, in der er einsitzt, sehr gut führen. Er arbeitet dort wohl als Brigadier im Berufszweig Maschinenschlosser und hat für gute Arbeitsleistungen auch wohl schon mehrfach Prämien erhalten. Auch bereits vor seiner Inhaftierung war der Verurteilte in seiner früheren Arbeitsstelle im VEB Waggonbau Niesky als sehr angesehener Facharbeiter bekannt und ist auch dort schon mehrfach ausgezeichnet worden.

Die Mutter des Verurteilten schildert diesen, ihren Sohn, als einen Menschen, der sehr gut zu ihr gewesen ist. Vorleben und Persönlichkeit des Täters dürften somit die bedingte Strafaussetzung gerechtfertigt erscheinen lassen.

Die jetzt 78jährige Mutter des Verurteilten, Frau Thekla Fux, ist inzwischen praktisch voll ertaubt, hat verkrüppelte gichtige Hände und ist voll pflegebedürftig. Die 78jährige Mutter des Verurteilten sitzt auf ihrem Altenteil beim Enkel Herbert Fux, dem Sohn ihres verstorbenen Sohnes Wilhelm Fux. Der Enkel findet mit seiner Ehefrau nicht die erforderliche Bindung zu der alten, hilflosen und damit auf fremde Hilfe völlig angewiesenen Großmutter. Diese hat schon 1950 ihren Ehemann verloren und von ihren drei Kindern ist nur noch der Verurteilte am Leben. Der 1907 geborene Sohn Emil Fux war während des Faschismus 1935 – offenbar wegen einer politischen Sache – zunächst im örtlichen Spritzenhaus eingesperrt worden und hat sich hier erschossen. Der 1908 geborene Wilhelm Fux ist 1955 an Leukämie verstorben. Es ist der Frau Thekla Fux der Verurteilte als einziger Sohn verblieben, von dem sie auf Grund seines früheren guten Verhaltens zu ihr hofft, daß er nach der Haftentlassung gemäß § 346 StPO ihr die dringend erwünschte Stütze ihres hilflosen Alters sein werde.

Es darf nach allem davon ausgegangen werden, daß die Voraussetzungen für die erbetene bedingte Strafaussetzung gemäß § 346 StPO beim Verurteilten, der nunmehr zwei Drittel der Strafzeit verbüßt hat, vorliegen, weshalb gebeten wird, entsprechenden Antrag beim zuständigen Gericht zu stellen.«

Der Strafsenat 1a des Bezirksgerichts Dresden beschloss am 8. April 1959: »In der Strafsache gegen Albert Fux wegen Totschlags wird auf Antrag des Staatsanwaltes nach Anhörung des Leiters der Strafvollzugsanstalt dem Verurteilten für den Rest der durch Urteil des Landgerichts Bautzen vom 10.3.1952 gegen ihn erkannten Strafe von 12 Jahren Zuchthaus gem. § 346 StPO bedingte Strafaussetzung mit dem Ziel des Straferlasses nach einer Bewährungszeit von 3 Jahren gewährt. Die Wirksamkeit des Beschlusses wird auf den 29. April 1959 gesetzt.

Gründe: Der Verurteilte hat sich in der nunmehr 8 Jahre dauernden Haft einwandfrei geführt und wird auch hinsichtlich seiner Arbeit sehr gut beurteilt. Seine Arbeitsleistungen stehen weit über dem Durchschnitt, und er ist dafür schon 9 mal prämiert worden. Seine Einstellung zur DDR wird als positiv bezeichnet, was seine Diskussionen mit anderen Strafgefangenen zeigen. Dabei tritt er negativen Äußerungen anderer immer entgegen. Seine gute Arbeitsmoral und die brauchbaren Vorschläge zur Erhöhung der Arbeitsproduktivität lassen gleichfalls seine positive Einstellung erkennen. Er verfolgt die Tagespresse aufmerksam und ist am Zeitgeschehen sehr interessiert, was auch von der Politinformation gesagt werden kann. Bei ihm kann davon gesprochen werden, daß er die richtigen Lehren aus der Straftat gezogen hat, so daß angenommen werden kann, daß die Voraussetzungen für die Gewährung einer bedingten Strafaussetzung gegeben sind.

Es muß darauf hingewiesen werden, daß dieser Beschluß widerrufen werden kann, wenn der Verurteilte die in ihn gesetzten Erwartungen nicht erfüllt. Im anderen Falle, d. h. wenn sein Verhalten diesen Erwartungen entspricht, wird ihm die noch zu verbüßende Reststrafe nach Ablauf der Bewährungszeit erlassen.«

Die Strafzeit der Bewährung wurde für Albert Fux mit der Verfügung vom 7. Dezember 1960 gemindert. »Gemäß Beschluß des Staatsrates der DDR vom 1.10.1960 wurde dem Verurteilten Albert Fux die Ableistung der Bewährungszeit gem. § 346 StPO erlassen.« Albert Fux hat für seine Tat gebüßt.

Kriminalfälle bleiben im Gedächtnis der Personen, die Zeugen waren. So finden sich bei fast jedem Verbrechen Jahre später noch Menschen, die an der Aufklärung beteiligt waren. Im Zusammenhang mit dem Mordfall Elsa Fux war es möglich, im Oktober 2017 die 92-jährige Elfriede Delling zu befragen, die mit dem Ehepaar im selben Hause gewohnt hatte.

F: »Frau Delling, Sie wohnten mit dem Mordopfer Tür an Tür – welchen Eindruck hatten Sie von der Frau Fux? War sie der Typ für Kaffeeklatsch und Kochrezeptetausch? Was war sie für ein Mensch?«

A: »Frau Fux lebte zurückgezogen von den Nachbarn. Sie war höflich. Sie teilte die Wassertonne mit den Nachbarn und wenn ein Schwein geschlachtet wurde, gab sie gern eine Kostprobe ab. Ebenso von selbst gebackenem Eierkuchen.«

F: »Kam Ihnen die lange Abwesenheit der Frau Fux ungewöhnlich vor?«

A: »Die Abwesenheit von ihr war zunächst nicht ungewöhnlich, da sie öfter für ein paar Tage ihre Schwester besuchte. Es war eher verwunderlich, weil es etwas lang vorkam.«

F: »Wie erfuhren Sie von den polizeilichen Ermittlungen? Wie erlebten Sie diese?«

A: »Die Polizei von Niesky informierte. Die Mordkommission von Dresden ermittelte danach. Es wurde im Ort ein Zimmer zur Verfügung gestellt in einem Wohnhaus. Ich wurde befragt und empfand es als sehr aufregend und unbehaglich. Später, als die Tat zum Lokaltermin noch in der Wohnung nachgespielt wurde, begleitete mich eine große Fassungslosigkeit. Wir erlebten den Mord ja quasi noch einmal mit.«

F: »Bei einer Familienfeier entdeckten Sie die Leiche. War für Sie die Täterschaft des Herrn Fux klar? Haben Sie ihn schon vorher eines Verbrechens verdächtigt?«

A: »Ich war beim Fund der Leiche nicht dabei. Ich war mit den Kindern in der Wohnung geblieben. Mein Mann mit unseren Gästen wurde beim Spazierengehen fündig. Ich hätte es Herrn Fux wirklich nicht zugetraut, daher habe ich ihn auch nicht verdächtigt.«

F: »Was für ein Mann war der Täter? Sah er (im Nachhinein) wie ein Mörder aus?«

A: »Herr Fux war freundlich und nett.«

F: »Sind Sie Herrn Fux nach seiner Entlassung noch mal begegnet?«

A: »Herr Fux ist nach seiner Entlassung noch mal da gewesen. Es gab ein kurzes Gespräch vor dem Haus.«

Gestrichen werden solche Erinnerungen auch aus dem Gedächtnis des Autors nie.

Der Opfermord von Belmsdorf

Die Wahnsinnstat eines Familienvaters, Belmsdorf 1949

> Zeigt ein Straßenschild in die falsche Richtung, wird man nicht nur vom Weg abgebracht. Es kann auch richtig gefährlich werden. Angenommen, jemand hätte aus reiner Bosheit einen Wegweiser so manipuliert, dass Leute in die völlig verkehrte Richtung geschickt werden. Ein Freund erzählt dir davon und warnt dich. Würdest du auf ihn hören? Ganz bestimmt! So ein bösartiger Feind, der uns unbedingt in die Irre führen will, ist Satan, der Teufel (Offb. 12:9). Alle Gefahren sind auf ihn zurückzuführen. Er will uns damit von dem Weg abbringen, der zum ewigen Leben führt (Mat. 7:13, 14). Unser liebevoller Gott Jehova warnt uns davor, auf die irreführenden »Wegweiser« des Teufels hereinzufallen. Stellen wir uns vor, Jehova würde hinter uns gehen und uns mit den Worten in die richtige Richtung lenken: »Dies ist der Weg. Wandelt darauf« (Jes. 30:21). Wenn wir über Jehovas Warnungen gründlich nachdenken, werden wir darin bestärkt, darauf zu hören.
>
> *Der Wachtturm* (2011)

A: »Sie denken, daß ich ein blöder Hund bin.«
F: »Wer seine Frau ermordet, ist ein blöder Hund.«
A: »Das spielt gar keine Rolle, ob ich Fliegen tot mache. Die Frau habe ich nicht ermordet. Ich bin direkt un-

schuldig, habe alles überprüft, vollständig unschuldig.«

F: »Haben Sie Ihre Frau ermordet oder nicht?«

A: »Es ist möglich. Ich will's zugeben.«

F: »Haben Sie ihr mit dem Messer den Hals aufgeschnitten oder nicht?«

A: »Ein aufgezwungener Kram ist es.«

F: »Wer hat Ihnen das aufgezwungen?«

A: »Wer? Die mich hierher gebracht haben. Die Polizei hängt mit drin im Spiel.«

F: »Erklären Sie mir, wie meinen Sie das?«

A: »Wer ist überhaupt hier der Richter? Die sollen den Fall klären. Das ist schon lange nichts neues mehr. Ist schade um jedes Wort.«

F. »Sind die Zeugen Jehovas an dem Mord schuld?«

A: »Die Zeugen Jehovas sind nicht schuld.«

F: »Ich bin anderer Ansicht!«

A: »So? Das können Sie ruhig sein.«

F: »Wenn Menschen mit ihrer Lehre jemanden so beeinflussen, daß er einen Mord begeht, sind diese dann unschuldig?«

A: »Ja, da haben Sie eigentlich recht.«

F: »Also sind sie schuld?«

A: »Nein!«

F: »Wissen Sie das genau?«

A: »Die können mit verwickelt sein.«

F: »Wie stellen Sie sich das vor?«

A: »Ich weiß Bescheid, eine geheimnisvolle Sache, weiter ist das gar nichts, eine beschissene Angelegenheit.«

F: »Sie halten sich also für unschuldig?«

A: »Wenn Sie sich aufregen, die Sache ist erledigt, ich weiß Bescheid.«

F: »Wer gab den Befehl, Ihre Frau zu ermorden?«

A: »Das ist ja das. Genau die mir den Befehl geben, sind umzuschießen.«

F: »Haben Sie selbst gesehen, daß Ihre Frau richtig tot war?«

A: »Gesehen ja. Erst nachher, wie's zu spät war.«

F: »Wie sehen die aus, die den Befehl gaben?«

A: »Wie die Polizei oder wie Sie.«

F: »Meinen Sie der Apparat könnte schuld sein?«

A: »Ja, ja, ja.«

F: »Inwiefern?«

A: »Na ja, es ist gut.«

F: »Nun erzählen Sie, wie war das? Wir wollen den beschrieben haben, der Ihnen die Befehle gibt.«

A: »Den Apparat? – Eine Katze.«

F: »Also von einer Katze lassen Sie sich dazu bringen, Ihre Frau zu ermorden?«

Karl Fugmann hatte seiner Frau mit Kraft die Kehle durchgeschnitten. Alma starb in göttlicher Vorhersehung, denn Karl Fugmann tötete nicht aus niederen Motiven wie Eifersucht, Habgier oder Lust, er wollte durch diesen Mord der Welt Erlösung bringen. »Das Werk ist vollbracht, ich habe das Liebste geopfert.« Ein Motiv, das ungewöhnlich war. Und natürlich konnte eine Katze dazu keinen Befehl gegeben haben. Das Verhalten des Täters nach dem Mord gab Rätsel auf.

Karl Fugmann predigte vorm Volk vom Himmelreich auf Erden und machte den Ermittlern sehr schnell klar, dass sie es in diesem Falle mit einem sehr verwirrten Mann zu tun hatten, der seiner Sinne nicht mehr mächtig war.

Vierzig Jahre seines Lebens verbrachte Karl Fugmann daraufhin wegen nicht justiziabler geistiger Umnachtung hinter Mauern und Stacheldraht. Die Türen in die Freiheit haben sich für ihn nie mehr geöffnet. Die psychiatrische Klinik war ihm die Hälfte seines Lebens eine Heimat, die er nicht mehr verlassen sollte. Die Zäsur in seiner Lebensmitte: Familie verloren. Freiheit verloren. Gottes Reich nicht gefunden. Weiterleben fortan unter ständiger Beobachtung und Aufsicht. Besucht hat den Patienten in den langen Jahren seines Weggesperrtseins niemand. Die Welt, die er erretten wollte, hatte Karl Fugmann vergessen. Sein Zimmer gehörte zur Krankenstation im Schloss zu Gröditz. Das steht auf einem Felsen hoch über dem Löbauer Wasser: ein weiter Blick aufs Grün der Natur und den Fluss, der rauscht – heute steht das Gebiet unter Naturschutz.

Das Löbauer Wasser schnitt sich in der Elster-Eiszeit in die Grauwacken der Nordlausitz ein. Die entstandene Gröditzer Skala ist ein Felsental, in dem unterschiedliche Biotope nebeneinander bestehen. »Im 13. und 14. Jahrhundert scheint das Gut Gröditz einer Familie von Portitz gehört zu haben. Anfang des 15. Jahrhunderts ging es an die Familie von Maxen über, in deren Besitz es mindestens 200 Jahre blieb. Nach mehrmaligem Besitzerwechsel kam es auf Hans Caspar von Gersdorf, der das Schloss 1732 mit Ziegeln eindeckte. Ein für die Zeit einmaliger Barockgarten, in dem mehr als 400 Orangen- und Zitronenbäume wuchsen, wurde angelegt. Sein Nachfahre Rudolf von Gersdorf baute das Schloss 1872 in seine heutige Barockart um. Die letzte Eigentümerin hieß Gerda von Krauss, geb. von Zenker. 1945 wurde deren Familie enteignet. Das Gebäude beherbergte danach Flüchtlinge, war ab 1949 Tuberkulose-Heilanstalt und später Station des psychiatrischen Fachkrankenhauses Großschweidnitz. 2006 initiierte der Großneffe von Gerda von Krauss, Beat von Zenker, eine Stiftung. Seit April 2007 engagiert sich ein Förderverein gemeinsam mit dem Eigentümer für den Erhalt des Schlosses und konnte das Naturschutzgebiet Gröditzer Skala vor einem Teilverkauf retten.« Mehr als vierzig Jahre lang war es der Lebensmittelpunkt Karl Fugmanns.

Königlich Sächsische Landesanstalt Großschweidnitz

»Mit dem Ende der SED-Diktatur hat das vereinte Deutschland sich der Aufgabe gestellt, 40 Jahre Unrecht, Verfolgung und Behördenwillkür aufzuarbeiten und den Opfern des SED-Regimes späte Genugtuung zu geben und ihren Einsatz für Demokratie und Freiheit zu würdigen.« Auch die Akten der auf DDR-Gerichtsbeschluss in Psychiatrien eingewiesenen Patienten unterzog der neue deutsche Staat nach 1990 einer Prüfung. Denn unbestritten ist, »daß Männer und Frauen aus Gründen oppositioneller Äußerungen oder Handlungen auch in der DDR in psychiatrische Kliniken gesteckt worden sind«.

So diente ein Rehabilitierungsverfahren »dazu, politisch motivierte Verurteilungen auf dem Gebiet der ehemaligen DDR aus der Zeit zwischen dem 8. Mai 1945 und dem 2. Oktober 1990 aufzuheben. In Betracht kommen Entscheidungen, die der politischen Verfolgung dienten, aber auch Urteile, die eine aus politischen Gründen unangemessen hohe Sanktion vorsahen. Außerdem können gerichtliche oder behördliche Entscheidungen über willkürliche und politisch motivierte Freiheitsentziehungen, rechtswidrige Freiheitsbeschränkungen wie zum Beispiel Leben unter haftähnlichen Bedingungen oder Zwangsarbeit sowie rechtsstaatswidrige Einweisungen in psychiatrische Anstalten oder Heime für Kinder und Jugendliche Gegenstand eines Rehabilitierungsverfahrens sein. Aufgrund einer positiven Rehabilitierungsentscheidung können Verurteilungen aus dem Bundeszentralregister entfernt werden, bezahlte Geldstrafen oder Gerichtskosten erstattet werden sowie eingezogene Vermögenswerte zurückgegeben oder entschädigt werden. Durch die Rehabilitierung werden außerdem Ansprüche auf soziale Ausgleichsleistungen begründet. Die Strafrechtliche Rehabilitierung ist ein vereinfachtes Wiederaufnahmeverfahren, das sich im Wesentlichen nach dem Gerichtsverfassungsgesetz und der Strafprozessordnung richtet. Die erforderlichen Tatsachen sind von Amts wegen zu ermitteln. Die Entscheidung des Gerichts über den Rehabilitierungsantrag ergeht durch Beschluss, in der Regel ohne vorherige mündliche Erörterung. Gegen den die Rehabilitierung versagenden Beschluss kann Beschwerde beim Oberlandesgericht eingelegt werden.«

Zu den strafrechtlich begründeten Einweisungen ins Fachkrankenhaus Großschweidnitz bat man die behandelnden Ärzte um Stellungnahmen. Der Chefarzt schrieb am 18. Februar 1991 an die Vollstreckungsabteilung der Bezirksstaatsanwaltschaft in Dresden betreffend der »Unterbringung des Fugmann, Karl, geb. 25.12.1911.

Sehr geehrte/r Frau/Herr Staatsanwalt!

Og. befindet sich seit dem 20.06.1961 stationär in unserer Einrichtung auf der Grundlage des damaligen § 42b, später § 15, Abs. 5 StGB, in Verbindung mit § 11 StGB.«

Der Paragraf 15 besagte: »Zurechnungsunfähigkeit: (1) Strafrechtliche Verantwortlichkeit ist ausgeschlossen, wenn der Täter zur Zeit der Tat wegen zeitweiliger oder dauernder krankhafter Störung der Geistestätigkeit oder wegen Bewußtseinsstörung unfähig ist, sich nach den durch die Tat berührten Regeln des gesellschaftlichen Zusammenlebens zu entscheiden.

(2) Das Gericht kann die Einweisung in psychiatrische Einrichtungen nach den dafür geltenden gesetzlichen Bestimmungen anordnen.« Dieser in Anwendung gebrachte Gesetzesparagraf ließ natürlich Spielräume der Auslegung offen. Doch war »das Einweisungsverfahren klar als medizinisches Verfahren ausgewiesen, das von Ärzten und Psychiatern betrieben und durchgeführt wurde. Die Entscheidung über eine Einweisung traf der Kreisarzt, seine Entscheidung wurde im psychiatrischen Krankenhaus von den dortigen Ärzten überprüft.«

Der Gröditzer Chefarzt in seinem Schreiben 1991 weiter: »Aktuelle Zeichen einer Psychose wie früher stehen bei Karl Fugmann nicht mehr im Vordergrund. Im Vordergrund steht jetzt der allgemeine Alterungsprozeß, wobei der Pat. vorwiegend durch ein erbliches (psychisches) Defizienz(Mangel-)syndrom auffällt, gleichzeitig aber auch Zeichen eines Altersschwachsinns (Demenz) bestehen. Der Pat. ist allein nicht mehr lebenstüchtig, bedarf der Pflege und Betreuung, es besteht keinerlei Kontakt mehr zu irgendwelchen Angehörigen. Vom Pat. gingen in den letzten Jahren nie Proteste wegen seines hiesigen Aufenthaltes aus. Würde man vom Einweisungsgesetz für psychisch Kranke ausgehen, würden die Bedingungen für den § 11 EwG sicherlich nicht mehr erfüllt sein. Eine Entlassung in ein Pflegeheim könnte ohne Gefahr für die Allgemeinheit erfolgen. Nach einem Gespräch mit dem Pat. ist es ihm aber gleich, ob er hier im Fachkrankenhaus verbleibt oder in ein Heim verlegt wird. Bei einer Verlegung ist unter Berücksichtigung des Alters des Pat. auch mit einer psychischen Dekompensation möglicherweise zu rechnen.

Hochachtungsvoll Ärztlicher Direktor, Chefarzt«

Zwei Tage später schrieb der Staatsanwalt vom Kreisgericht zu Löbau: »Mit dem Antrag gemäß §§ 67d Abs. 2, 67e StGB I.V. und mit den §§ 463 III, 454, 462a I StPO ist die Fortdauer der Unterbringung in einem psychiatrischen Krankenhaus des Verurteilten Fugmann, Karl, z. Zt. Fachkrankenhaus für Psychiatrie und Neurologie, Großschweidnitz, aus dem seit 9.06.1950 rechtskräftigen Urteil des Landgerichts Bautzen auf Bewährung auszusetzen und Führungsaufsicht festzulegen. Diese sollte von der jetzigen Einrichtung, wo Herr Fugmann auf freiwilliger Grundlage verbleiben sollte, wahrgenommen werden. Auf die Stellungnahme des Fachkrankenhauses vom 18.02.1991 wird mit dieser Entscheidung Bezug genommen.« Doch gab es zum Fall Karl Fugmann weitere Diskussionen. Denn seine Strafakte legte politische Einflussnahme der DDR-Staatsorgane nah.

Karl Fugmann bekannte sich zu Jehovas Zeugen, 1950 zählte die Glaubensgemeinschaft etwa 20 000 Mitglieder DDR-weit. »Nach Kriegsende war es den Zeugen Jehovas gelungen, ihre durch die Verfolgungen unter der nationalsozialistischen Diktatur zerstörte Organisationsstruktur wiederaufzubauen. War ihnen 1945 noch die Ausübung ›gottesdienstlicher Betätigungen‹ in der DDR gestattet worden, kam es bereits 1946 zu ersten kurzfristigen und lokal beschränkten Verboten und Verhaftungen. 1948 ordnete die SED die zentrale Überwachung der Zeugen Jehovas an. Einem 1949 verabschiedeten Zehn-Punkte-Plan über Maßnahmen gegen diese Religionsgemeinschaft folgten 1950 Pressekampagnen und erste Verhaftungen. Aus den zunächst als ›Opfer des Faschismus‹ anerkannten Zeugen Jehovas waren Staatsfeinde geworden.«

Der Fall Karl Fugmann passte genau in die zeitgleich laufende Medienkampagne, ein Mord aus religiösen Motiven hätte die Argumentationen sehr bestärkt. Haben also linientreue DDR-Richter Karl Fugmann 1950 als Staatsfeind und Zeuge Jehovas verurteilt und nicht nach geltendem Gesetz und Recht?

Das Kreisgericht Löbau musste sich selbst ein Bild des Mannes machen und legte am 29. November 1991 fest: »In og. Strafsache wird Termin zur Anhörung des Untergebrachten bestimmt auf: Donnerstag, den 12.12.1991, 13.30 Uhr im Fachkrankenhaus für Psychiatrie und Neurologie Großschweidnitz.« Die Justiz-Kommission reiste an, begutachtete und verfügte am 15. Januar 1992 rechtskräftig »in der Vollstreckungssache gegen den am 25.12.1911 geborenen, im Fachkrankenhaus Großschweidnitz befindlichen Karl Fugmann wegen Mordes:

Die durch Urteil des Landgerichts Bautzen vom 1. Juni 1950 in der Sache 1 K Js 1/50 angeordnete Unterbringung des Karl Fugmann ist e r l e d i g t.

Der Untergebrachte ist aus der Unterbringung zu entlassen.

Gründe: Durch das seit dem 9. Juni 1950 rechtskräftige Urteil der Großen Strafkammer des Landgerichts Bautzen vom 1. Juni 1950 in der Sache 1 K Js 1/50 wurde die Unterbringung des Herrn Fugmann auf der Grundlage des damals geltenden § 42b StGB angeordnet. Das Gericht kam damals zu der Feststellung, daß der Untergebrachte am 24.5.1949 seine Frau ermordet hat, wobei er im Zustand der Schuldunfähigkeit im Sinne des damals geltenden § 51 Abs. 1 StGB gehandelt hat. Diese somit seit 1950 andauernde Unterbringung wurde, soweit ersichtlich, nie gerichtlich überprüft. Die getroffenen Maßnahmen stellen sich nach neuem Recht als Unterbringung gem. § 63 StGB dar, so daß sich der Beurteilungsmaßstab für die jetzige Entscheidung aus § 67d Abs.1 StGB ergibt. Hiernach ergibt sich jedoch, daß die Voraussetzungen einer weiteren Unterbringung von Herrn Fugmann nicht vorliegen. In Übereinstimmung mit dem überzeugenden und nach dem persönlichen Eindruck, den das Gericht bei der Anhörung von dem Untergebrachten gewinnen konnte, und den nachvollziehbaren Ausführungen des Sachverständigen liegt bei dem Untergebrachten eine Residual-Schizophrenie vor. Im Vordergrund steht allerdings jetzt eine Altersdemenz. Ebenso überzeugend ist jedoch auch, daß der Patient nicht mehr gefährlich im Sinne des § 63 StGB ist. Seine Lethalprognose ist günstig und dies seit Jahren. Unter diesen besonderen Umständen war nicht nur gem. § 67d Abs. 2 Satz 1 StGB die weitere Vollstreckung der Unterbringung zur Bewährung auszusetzen, sondern es war die Aufhebung der Unterbringung zu beschließen. Allerdings scheint auch dem Gericht als sinnvoll, daß der deutlich an Altersabbau leidende Patient weiterhin im Fachkrankenhaus Großschweidnitz, Außenstelle Gröditz, verbleibt, weil er zu seinem eigenen Wohl unterbringungsbedürftig ist. Diese Unterbringung ist zur Zeit auch gewährleistet, weil der Patient freiwillig im Fachkrankenhaus verbleiben will.«

Für Karl Fugmann blieb es beim Alten: Zimmer, Tagesablauf, behandelnde Ärzte und seine Bezugspersonen waren dieselben. Er hatte seinen 80. Geburtstag gefeiert und konnte weiterhin auf Schloss Gröditz wohnen. Die Hälfte seines Lebens hatte er da gewohnt, und so sollte er auch seinen Lebensabend hier verbringen.

Schloss Gröditz: Lebensmittelpunkt Karl Fugmanns bis zu seinem Lebensende

Mit gelben Birnen hänget
Und voll mit wilden Rosen
Das Land in den See,
Ihr holden Schwäne,
Und trunken von Küssen
Tunkt ihr das Haupt
Ins heilignüchterne Wasser.

Weh mir, wo nehm' ich, wenn
Es Winter ist, die Blumen, und wo
Den Sonnenschein,
Und Schatten der Erde?
Die Mauern stehn
Sprachlos und kalt, im Winde
Klirren die Fahnen.

Friedrich Hölderlin: »Hälfte des Lebens«

Die Familientragödie hatte ihren Ausgang am 24. Mai 1949 in Belmsdorf genommen. »Mit seinen Zwei-, Drei- und Vierseithöfen zieht sich der Ort von der 283 m hohen Talaue der Wesenitz nach Südosten bis an den 320 m hohen Westhang des Belmsdorfer Berges. Das Dorf besaß eine Mahlmühle, zu der eine Schneidemühle gehörte. Außerdem gab es eine Wassermühle, die nach ihrem Besitzer Fischermühle hieß. Und schließlich hat es im Ort eine Bockwindmühle gegeben, von der heute, noch die Turmruine sichtbar ist. Im 12. Jahrhundert wurde der Ort wahrscheinlich von deutschen Siedlern angelegt. Der Lokator war ein Baldewin oder Baldwin, der dem Ort seinen Namen gab.« 1951 hat man Belmsdorf in die Kreisstadt Bischofswerda eingemeindet. Im Ortsteil leben heute 357 Einwohner.

Unter der Tagebuch-Nummer 831/49 vermerkte am 25. Mai 1949 die Spezialkommission der Kriminalpolizei, Kommissariat C:

»Betr.: Mord durch Durchschneiden des Halses mittels Küchenmesser und Büchsenöffner

Tatzeit: Dienstag, den 24.5. früh 6.10 Uhr

Tatort: Belmsdorf b. Bischofswerda Nr. X, pt. Wohnküche.

Gschäd.: Ehefrau Alma Fugmann, geb. Nürnberger, geb. am 15.9.1906 in Langburkersdorf, Heimarbeiterin, 2 ehel. Kinder im Alter von 15 Jahren, wohnhaft in Belmsdorf Nr. 15

Beschuld.: Steinbrucharbeiter Karl Fugmann (Ehemann), geb. 25.12.1911, wohnhaft in Belmsdorf Nr. X pt.

Motiv: religiöser Wahnsinn (Anhänger von Jehovas Zeugen)«

Der Bericht führte aus: »Am Dienstag, den 24.5.1949 gegen 6.30 Uhr wird die Mordkommission Bautzen

fernmündlich durch die Ordnungspolizei Bischofswerda von einem Mord in Berlmersdorf unterrichtet. Der Einsatz der Mordkommission mit
Pol.-Ob.-Komm. Kuppke als Leiter,
Pol.-Komm. Bernath, Dorothea, als Sachbearbeiter,
Pol.-Hptwchtm. Schubert, Rose, als Erkennungsdienst,
erfolgt unverzüglich mit dem Dienstwagen gegen 7.15 Uhr. Eintreffen am Tatort in Belmsdorf um 7.45 Uhr. Am Tatort sind anwesend der Leiter der RKPSt. Bischofswerda Pol.-Komm. Henke sowie mehrere Angehörige der Schutzpolizei. Der Tatort liegt im Grundstück Belmsdorf Nr. X, einem einstöckigen kleinen Bauernhaus mit Vorgarten und gemauertem Schuppen, der gegenüber der Eingangstür steht. Nach Betreten des Hausflurs gelangt man rechterhand durch einen kleinen Flur in die Wohnküche der Familie Fugmann, dem eigentlichen Tatort. Beim Öffnen der Küchentür wird folgendes festgestellt:

Die Wohnküche ist ein länglicher Raum mit den Maßen 2,70 x 6,00 m, der durch zwei Fenster erhellt wird. Je ein Fenster befindet sich in der Mitte der Schmal- und der Längsseite der Küche. Rechts hinter der Küchentür steht ein grün gestrichenes Küchenbüfett, darnach folgen ein viereckiger Tisch, an dem ein Korbsessel sowie ein Stuhl stehen, und im weiteren der Längswand der Küche eine Kommode und eine Nähmaschine. Dicht links neben der Küchentür an der Schmalwand steht ein transportabler weißer Küchenherd, auf dem sich gefüllte Töpfe befinden. Der geringe Raum zwischen Küchenherd und Küchentür wird durch eine kleine Küchenbank ausgefüllt. In der Ecke zwischen Küchenherd und Längswand der Küche steht ein Waschständer mit leerer Waschschüssel. Im vorderen Teil der Längsseite links befindet sich die Tür zum Schlafzimmer. Im Anschluß daran folgt ein Küchentisch, ein Kanonenofen und links hinten ein Sofa mit davorstehendem viereckigem Tisch, 2 Stühlen und einem Korbsessel, welcher direkt unterhalb des Fensters mit Ausblick auf den Vorgarten steht. Dieses Fenster befindet sich an der Schmalseite der Küche, das andere Fenster an der Längsseite gewährt einen Blick auf den gemauerten Schuppen.

In der Küche herrscht, besonders im vorderen Teil in der Nähe des Küchenherdes, eine unvorstellbare Unordnung. Vor dem Küchenherd mit dem Kopf nach dem Herd und den Beinen in das Zimmer zeigend liegt eine Leiche, die anscheinend vollkommen nackt ist und durch eine große Anzahl darauf geworfener Gegenstände fast völlig bedeckt ist. Unter diesen Gegenständen werden 2 Kissen, 1 Steinguttopf, verschiedene Bücher, 1 elektr. Kocher, 1 Schubfach aus dem Küchenbüfett, Kleidungsstücke, 1 in Arbeit befindliches Strickzeug und 2 darüber gelegte Stühle erkennbar. Das Ganze erweckt den Eindruck, als ob der Täter bewußt diese Gegenstände auf die am Boden liegende Person geworfen hat. In der näheren Umgebung der Leiche liegen zahlreiche Kunstblumen umher, wie sie in Heimarbeit angefertigt werden, sowie Löffel, Bestecke und verschiedener Inhalt aus Schubfächern. Auf dem Fußboden sind mehrere blutige Fußabdrücke zu sehen. Unter der Leiche quillt eine größere Blutlache hervor, die sich bis zum Küchenbüfett ausdehnt und einen Durchmesser von etwa 90 x 110 cm besitzt. Das Küchenbüfett ist im unteren Teil mit Blut bespritzt. Beim näheren Betrachten sieht man gleich an der linken Gesichtshälfte der Leiche einen Kohlenkasten mit Abfall, unter dem sich wiederum ein größerer Blutbezirk befindet und bis unter den Küchenherd und an die Schmalwand der Küche ausdehnt. Die sichtbaren nackten Füße der Leiche sind stark mit Blut, besonders auf der Sohle, beschmiert. Desgleichen zeigen die Oberschenkel, die unter den darauf geworfenen Gegenständen hervorschauen, größere Stellen eingetrockneten Blutes. Der übrige Körper und ein Teil des Gesichts sind unter den darauf liegenden Gegenständen und Utensilien verborgen. Auf der zuvor beschriebenen Küchenbank nahe des Küchenherdes liegt am vorderen Ende nach dem Raum zu ein ausgebreiteter Scheuerhader, auf dem deutlich der blutige Abdruck einer Hand sichtbar ist. Auf dem Küchensofa liegen die Küchenuhr und ein Foto des Wohnungsinhabers mit der Bildseite nach unten.

Die Wohnküche hinterläßt auf den Beschauer den Eindruck, daß entweder der Tat ein Kampf vorangegangen ist, oder das Verbrechen von einem in höchster Erregung befindlichen bzw. geistig nicht normalen Menschen begangen wurde.

Durch die bereits beschriebene Schlafzimmertür wird das Schlafzimmer betreten, welches die gleichen Raumverhältnisse wie die Küche einnimmt. Im Gegensatz zur Küche enthält das Schlafzimmer 3 Fenster, 2 an der

Längsseite und 1 an der Schmalseite. Die Fenster an der Längsseite geben den Blick auf einen kleinen Vorgarten und die parallel laufende Dorfstr., während das Fenster an der Schmalseite zu einem 3-eckigen Vorgarten zeigt. Die beiden Fenster an der Längsseite sind ordnungsgemäß geschlossen bzw. eines davon mit einem Fliegengitter versehen. Das Fenster an der Schmalseite des Schlafzimmers ist weit aufgerissen und die 3 Scheiben des linken Flügels sowie die innere Holzkante des Flügels total zertrümmert. Den größten Teil des Raumes nehmen die 4 Betten ein, von denen 2 quer in der Mitte des Zimmers beieinanderstehen und je eines an den Schmalwänden. Das unter der Fensterschmalseite stehende Bett reicht weit unterhalb des Fensters vorbei und ist mit zahlreichen Glassplittern bedeckt, die sich ebenfalls auf dem Fensterbrett vorfinden. Sämtliche Deckbetten sind stark zerknüllt und zum Teil auf den Fußboden herabgerutscht. An der trennenden Wand nach der Wohnküche zu stehen eine Reihe von Schränken. Auf dem Leintuch des am Fenster stehenden Bettes ist ein großer Abdruck eines nackten Fußes zu sehen.

Nachdem der Tatort fotografisch festgehalten wurde, erfolgt in Gegenwart des Arztes Dr. med. Niebur aus Bischofswerda die Freilegung der Leiche aus den darauf liegenden Gegenständen.

Bei der Wegnahme der Gegenstände wird eine größere tönerne Schüssel mit Mehlspeiseresten sichtbar, die auf die nackte Brust der Toten geworfen wurde, so daß sich der Inhalt und die Scherben über den Körper ausbreiteten. Die Leiche liegt lang ausgesteckt mit dem

Rücken auf dem Fußboden. Beide Beine leicht gespreizt zeigen in Richtung des Küchenfensters an der Längsseite des Raumes, der Kopf liegt nah am Küchenherd. Beide Arme sind stark eingewinkelt, so daß die Unterarme nach den Schultern zeigen. Die beiden abgewinkelten Hände ruhen auf den Schultern. Die Leiche ist vollkommen nackt. Der Kopf ist am Hals von vornher nahezu abgetrennt, der Mund ist leicht geöffnet, die Augen sind geschlossen. Das Gesicht ist von ausgeschütteter Asche vollkommen verschmutzt. Beim Betasten des Schädels ergeben sich kleinere Verletzungen. Unter dem Hals und dem Kopf der Leiche beginnt die vorher beschriebene Blutlache, die unter den Küchenofen und zur Wand reicht. Unter den Fingernägeln befinden sich außer den üblichen keine Fremdkörper. Kampfspuren sind nicht vorhanden. Die Leiche macht den Eindruck, als wenn sie nach dem Fall keinen Widerstand mehr geleistet hätte.

Nach Freilegung der Leiche wird die Lage vor dem Wenden wiederum fotografisch festgehalten. Beim Wenden der Leiche werden auf der linken Rückenpartie, angefangen in der Hälfte bis hinauf zur linken Schulter, eine Anzahl tiefer Einschnitte sichtbar, die sich bis auf die linke Körperseite fast unter die Achselhöhle hinziehen. Länge der Schnitte ca. 8–12 cm, Breite ca. 2½ cm. Sämtliche Schnitte sind breit klaffend. Gleichzeitig ist beim Wenden zu erkennen, daß sich der Halsdurchschnitt bis an den hinteren Schädel schräg unterhalb des linken Ohres fortsetzt. Bei näherer Betrachtung sind in der Gegend der linken Schulter und auf dem linken Oberarm mehrere blutunterlaufene Stellen zu sehen, wie sie nach Schlägen mit harten Gegenständen zu entstehen pflegen.

Beim Abwaschen des Blutes vom Rücken für die durchzuführenden Fotoaufnahmen der neuen Lage werden wiederum an Armen und Beinen kleinere blaue Flecke sichtbar. Unter der Leiche befindet sich ein metallener Büchsenöffner, der vollkommen mit Blut verschmiert ist und vermutlich zum Beibringen der tödlichen Verletzungen mit Verwendung gefunden hat.

Bei der Durchsicht der umherliegenden Wäschestücke wird das Nachthemd der Leiche gefunden, welches blutbefleckt und zum Teil eingerissen ist.

Nach der ärztlichen Besichtigung wird die Leiche vorläufig beschlagnahmt und der Heimbürgin zum Abtransport in die Leichenhalle übergeben.«

Tatort Wohnküche: unter den zahlreichen Gegenständen begraben liegt das Opfer.

Noch am Tatort wurden die Kinder des Ehepaares Fugmann gehört. Es sind die Zwillingsschwestern Ursula Alma und Hildegard Maria Fugmann, »beide geb. am 1.4.1934 in Neustadt bei Sebnitz, Schülerinnen der Grundschule Bischofswerda im 8. Schuljahr, Klassenlehrerin Fräulein Schepeler, wohnhaft bei den Eltern.« Sie machten zum Geschehen folgende Aussage:

»Wir wurden heute früh gegen 5.30 Uhr wach, da sich die Eltern noch im Bett liegend unterhielten. Der Vati sprach davon, daß er die Schlüssel hat abziehen müssen. Da die Mutti ein Klimpern hörte, fragte sie, ›du hast doch die Schlüssel abgezogen‹. Es waren damit die Küchenschlüssel und der Haustürschlüssel sowie verschiedene kleinere Schlüssel gemeint.

Der Vati stand gegen 6.00 Uhr zuerst auf und ging in die Küche, wohin die Mutti folgte. Darnach standen wir beide auch auf, weil wir einen Wortwechsel zwischen den Eltern hörten. Die Mutti wollte uns zur Schule schicken und verlangte vom Vati die Schlüssel. Da die Türe zur Küche aufstand, sahen wir, daß die Mutti vollkommen ausgezogen war und der Vati sie festhielt. Da wir Anstalten machten, in die Küche zu kommen, um der Mutti zu helfen, kam uns der Vati in die Schlafstube entgegen und sagte zu uns: ›Zieht euch aus, zieht euch aus!‹ Da wir dies jedoch nicht wollten, riß er uns die Tag- und Nachthemden vom Leibe. Wir fragten den Vati fortwährend, was er denn wolle. Er hielt uns immer vor, wir sollten ruhig sein, wir würden schon sehen, er würde uns später alles sagen. Der Vati war selbst auch vollkommen ausgezogen, er hatte die Schlüssel in den

Händen. Er verlangte, daß wir sein Bild von der Wand nehmen sollten und die Uhr und in die Küche werfen, was wir aber nicht einsahen. Er verlangte weiter, daß wir die Haare auflösen und die Spangen heraustun sollten, und die Mutti sollte die Ohrringe abmachen. Da wir uns über solches Gebaren wunderten, redete die Mutti dem Vati immer zu, ›Du bist nicht normal, dich werden sie noch fortschaffen‹. Da der Vati die Mutti immer wieder festhielt und ihr den Arm verdrehte, und die Mutti uns riet fortzugehen, begaben wir uns in das Schlafzimmer, und es gelang uns, die Tür abzuschließen, was uns der Vati verwehren wollte. Darnach öffneten wir das Fenster über dem Bett Ursulas und sprangen hinaus ins Freie und riefen laut um Hilfe.«

Hildegard war noch einen kurzen Augenblick länger im Schlafzimmer geblieben und hatte noch durch die geschlossene Tür folgende Sätze vernommen: »Geht fort, der Vati macht mich jetzt tot, auf Wiedersehen.« Dabei habe die Mutter laut geschrien.

Das Haus, in dem der Mord geschah (heute)

Rechts das Fluchtfenster

»Wir sind beide zu Tante Martha Konrad in Belmsdorf gegangen. Die Tante ging daraufhin mit Ursula zurück zur elterlichen Wohnung. Die Tante stieg zum Schlafstubenfenster ein und schloß die Türe zur Küche auf. Dort kam ihr der Vati entgegen. Sie hat sie deshalb schnell wieder zugeschlossen und ist wieder zu mir ins Freie hinausgeklettert. In der Küche zerschlug Vati alles. Daraufhin ist dann der Hauswirt Wittig zum Schlafzimmerfenster eingestiegen und hat die Küchentür geöffnet, wohin der Herr Glemnitz ihm folgte. Wir haben bis dahin draußen gestanden und sind dann auf Aufforderung der Tochter des Herrn Wittig mit in dessen Wohnung im Obergeschoß des Hauses gefolgt.«

Daraufhin sprach die Polizei mit den Hausbewohnern des Grundstücks.

»Zur Person: Wittig, Albert, Erich,
geb. am 20.2.1887 in Großdrebnitz,

von Beruf Glasschleifer, jetzt Rentner,
wohnhaft in Belmsdorf

Er gibt auf Befragen und zur Wahrheit gemahnt folgendes an: ›Das Ehepaar Fugmann ist im Jahre 1938 zu uns ins Grundstück gezogen. Damals hatten sie ja nur die Tochter Ursula bei sich, während sich die Hildegard bei den Großeltern in Neustadt/Sa. befand. Während der Kriegszeit war Herr Fugmann eingezogen und regelmäßig auf Urlaub. Im Sommer 1948 kehrte Herr Fugmann aus russischer Kriegsgefangenschaft nach Hause zurück. Während der Kriegsjahre war auch die Tochter Hildegard zu den Eltern zurückgekehrt. Nach der Rückkehr aus der Gefangenschaft fand Herr Fugmann auf seiner alten Arbeitsstelle Firma Steinbruchbetrieb Kunath in Demitz-Thumitz wieder Arbeit. Er arbeitete abwechselnd schichtweise. Diese Woche hatte er die 2. Schicht und ging gegen 11.30 Uhr auf Arbeit.

Heute früh gegen 5.30–40 Uhr weckte mich auf einmal mein Stubennachbar Herr Glemnitz und forderte mich auf, schnell etwas anzuziehen und mit hinunterzukommen. Unten würde etwas vorgehen. Da ich mir nicht denken konnte, was er eigentlich meint, drängte ich ihn zum Sprechen und zog mich rasch an. Als wir hinunterkamen, befanden sich Frau Martha Konrad und Ursula Fugmann auf dem Hof. Drinnen in der Wohnung Fugmanns hörten wir ein Lärmen. Frau Konrad stieg zuerst durch das Schlafstubenfenster ein und kehrte gleich wieder zurück. Sie sagte zu uns, daß es schon zu spät sei, die Alma sei schon tot. Daraufhin stieg Herr Glemnitz ein und öffnete die Türe zur Küche, während ich noch am Fenster verblieb. Herr Glemnitz kehrte auch bald wieder zurück und sagte, daß er an Herrn Fugmann nicht herankönne, weil dieser mit Hammer und einem Stück Stahl auf ihn zugekommen sei. Ich holte nunmehr den Schneidermeister Heinz Hänsch aus der Nachbarschaft herbei, der mit Fugmann gut befreundet war. Als dieser da war, kam auf einmal Herr Fugmann zum Schlafstubenfenster mit Hammer und Abziehstahl in den Händen und hockte sich nackend auf das Fensterbrett des Schlafzimmers. Von dort aus hielt er Predigten im Sinne von Jehovas Zeugen. Da mir Fugmann schon vorher mit Waffen gedroht hatte, flüchtete ich ins Nachbarhaus. Vom Nachbarhaus konnte ich sehen, daß sich der Ortseinwohner Hänsch am Zaune entlang vom Grundstück entfernte und Fugmann dies zum Anlaß nahm, aus dem Fenster zu steigen und ihm zu folgen. In diesem Moment traf die Polizei ein und ging gegen Fugmann vor. Während ein Polizist Fugmann die Waffe vorhielt, gelang es 2 anderen, den Tobenden von rückwärts zu überwältigen. Ich möchte hierbei einfügen, daß Fugmann keinerlei Angst vor der vorgehaltenen Pistole zeigte. Die Situation war derart grauenerregend, daß sämtliche umherstehenden Ortseinwohner das Weite suchten.‹« Und Herr Wittig fügte an: »Meine Angaben entsprechen der Wahrheit.«

Herrn Wittigs Frau Anneliese schilderte ihre Reaktion auf die Ereignisse so: »Als in den Morgenstunden die Geschehnisse auf unserem Grundstück begannen, begab ich mich zuerst in den Hof und flüchtete schließlich auf den Oberboden des Hauses, als Fugmann bereits die schreckliche Tat vollbracht hatte und auf dem Schlafstubenfenster saß.« Ob sie folgende Erklärung von sich aus abgab oder ob sie ihr nahegelegt wurde, ist den Protokollen nicht zu entnehmen. Sie sagte: »Fugmann war ein starker Anhänger der Sekte Jehovas Zeugen und hielt sogar in seiner Wohnung Bibelstunden mit seiner Familie ab.«

Von Jehova und dem nahenden Weltuntergang predigte der nackte Mann auch nach der Tat. Die Nachbarn mochten sich gar nicht vorstellen, was im Haus geschehen war. Karl Fugmann saß auf dem Fensterbrett und sprach: »Zeit und Stunde sind gekommen – die Saat geht auf.« Dann sprang er herab und stellte sich auf ein Reisigbündel, in der Hand die Mordwerkzeuge. »Ihr Hunde, auch ihr müßt noch daran glauben.« Die Umstehenden waren erschüttert. Man kannte Karl Fugmann als liebenden Familienvater, als Arbeiter des Steinbruchs. Wenn er auch ein Einzelgänger war, nie hatte es Anzeichen der Gewalttätigkeit bei ihm gegeben. Jetzt hatten die Belmersdorfer Angst. Manche waren bereits geflohen und versteckten sich vor dem Wahnsinnigen. Sie fürchteten um ihr Leben. Hammer und Eisen hatte Fugmann in seinen Händen. »Ihr kommt alle noch dran!« Angst und Schrecken merkte man den Zeugen noch bei der Vernehmung an.

Noch am selben Tag begannen die offiziellen Ermittlungen. Der beste Freund des Verhafteten wurde zum Gespräch gebeten, damit er seine Sicht der stattgefundenen Ereignisse schilderte. Auch jener »Hänsch, Heinz, Wilhelm, von Beruf Schneidermeister, geb. am

29.7.1909 in Belmsdorf, ledig, keine Kinder, wohnhaft in Belmsdorf Nr. 18, nicht vorbestraft«, bekannte sich zur Glaubensgemeinschaft von Jehovas Zeugen, die sich der staatlichen Doktrin verweigerten. Heinz Hänsch gab bei der Befragung, zur Wahrheit gemahnt, Folgendes an: »Ich wurde heute früh gegen 6.30 Uhr von Herrn Wittig gerufen und sollte in Grundstück Belmsdorf Nr. X kommen, der Herr Fugmann schlüge alles zusammen. Ich folgte Herrn Wittig sofort nach.

Als ich an das Grundstück herankam, sah ich Herrn Fugmann vollkommen nackend auf einem Reisigbündel unterhalb von dessen Schlafzimmerfenster stehen. Er hatte in der rechten Hand einen Hammer und in der linken einen Stahl. Als er mich sah, rief Herr Fugmann mich an und sagte: ›Heinz, komm her, nimm die Brille und leg dich hierher.‹

Ich forderte ihn auf und sagte: ›Karl, leg den Hammer weg, was machst du denn hier?‹

Herr Fugmann antwortete mir: ›Jehova regiert, komm rein.‹

Ich stand noch auf der Straße. Ich ging bis zum Gartenzaun näher, und Herr Fugmann kam mir entgegen. Als ich näher heran war, holte Herr Fugmann mit dem Hammer aus und wollte auf mich schlagen. Ich wich wieder zurück und fragte ihn aufs neue: ›Was machst denn du, leg das Zeug weg, komme zur Vernunft.‹

Er kam bis auf die Straße heraus. Dort lenkte sich sein Augenmerk auf die Polizei, die inzwischen gekommen war. Ein Polizist hielt ihm die Waffe vor und forderte ihn auf, die Waffen aus den Händen zu legen. 2 weitere

Polizisten griffen schließlich Herrn Fugmann von hinten und bezwangen ihn. Wenn ich befragt werde, was ich von dem Vorfall halte, so denke ich, daß Herr Fugmann sich mit dem Glauben der Jehova-Lehre zu sehr vertieft hat und sich das bei ihm in den Kopf gesetzt hat.«

Noch am selben Tag erklärte sich die Gemeinde Belmsdorf »hiermit bereit, die Kosten für die Unterbringung u. Behandlung des Steinarbeiters Karl Fugmann in der Landesanstalt Großschweidnitz bis zur Klärung der Übernahme durch einen Kostenträger zu übernehmen.«

Das Haus des Zeugen Hänsch heute

Die Landesanstalt besaß als klinische Psychiatrie überregionalen Namen. »Wegen zunehmender Überfüllung der sächsischen Heil- und Pflegeanstalten wurde in Großschweidnitz von 1898 bis 1902 eine neue Einrichtung erbaut. Am 1. April 1902 wurde sie eröffnet. Für

524 Kranke standen 34 Gebäude in einer Villenkolonie zur Verfügung. Wegen der Zunahme der unheilbar Kranken reichte dies bald nicht mehr aus, so dass 1912 nochmals vier Neubauten erfolgten und die Bettenkapazität auf 734 erhöht wurde. In den Jahren des Ersten Weltkriegs kam es wegen der Unterversorgung zu einer deutlich höheren Sterberate. Nach dem Krieg wurden neue Therapien, z. B. die Arbeitstherapie, eingeführt und Diagnostik sowie kulturelle Betreuung konnten entscheidend verbessert werden. In der Zeit des Nationalsozialismus stagnierte diese Entwicklung. Weil Großschweidnitz in der Zeit des Zweiten Weltkriegs zu den letzten großen intakten Anstalten gehörte, wurden viele Schwerkranke aus allen Teilen Deutschlands hierher verlegt. Der Druck, ständig neue Kranke aufnehmen zu müssen, führte in Verbindung mit der Naziideologie vom ›lebensunwerten Leben‹ zu Medikamentenüberdosierungen, Nahrungseinschränkungen, Unterkühlung und Demobilisation. Großschweidnitz wurde damit zu einem Zentrum der ›wilden Euthanasie‹. 1947 wurden zwei Ärzte und fünf leitende Schwestern wegen dieser Verbrechen zu mehrjährigen Zuchthausstrafen verurteilt. In der Nachkriegszeit kostete es nach der Seuchenbekämpfung große Anstrengungen, die psychiatrische Versorgung wieder aufzunehmen. Das Krankenhaus füllte sich rasch wieder und war schon 1949 mit 1520 Patienten belegt.«

Karl Fugmann wurde in die Landesanstalt eingewiesen und würde dieses psychiatrische Krankenhaus zeitlebens nicht mehr verlassen.

Krankenhaus Großschweidnitz mit Kirche

Im vorläufigen Schlussbericht fasste die Kriminalpolizei den Fall Fugmann vier Tage nach dem Mord zusammen. Die Fakten lagen klar: »Am Dienstag, den 24.5.49 gegen 6.10 Uhr tötete der Steinbruchsarbeiter Karl Fugmann in Belmsdorf seine Ehefrau Alma Fugmann durch Zerschneiden des Halses mittels Küchenmesser und Büchsenöffner.

Die angestellten Ermittlungen ergaben, daß Fugmann entgegen seiner sonstigen Gewohnheit bereits in der Nacht das Schlafzimmer verließ und die Küche von innen verschloß. Den Schlüssel nahm er an sich. Daraus ist zu folgern, daß schon in der Nacht der Entschluß zur Tat am frühen Morgen gefaßt wurde. Die beiden Kinder des Ehepaares, weibliche Zwillinge im Alter von 15 Jahren, konnten sich dem gleichen Schicksal durch Flucht aus einem Schlafzimmerfenster entziehen.

Fugmann, der überzeugter Anhänger der Sekte Jehovas Zeugen ist, beging nach den Feststellungen der

Mordkommission die grauenvolle Bluttat in einem Zustand religiösen Wahnsinns. Nachdem er die am Boden liegende nackte Leiche der Ehefrau mit einer Unzahl Gegenstände bedeckt hatte, begab er sich in das Schlafzimmer, hockte sich, ebenfalls nackt, auf das Schlafzimmerfensterbrett und predigte von dort aus im Sinne der Sekte, wobei er seine Bluttat als gewolltes und gutes Werk hinstellte. Zuvor hatte er sich im Blute der Getöteten gewaschen.

Dem tatkräftigen Einschreiten der verständigten Polizei von Bischofswerda gelang es, den Wahnsinnigen zu überwältigen und Hand- und Fußfesseln anzulegen. Darnach wurde Fugmann vorübergehend im Spritzenhaus Belmsdorf untergebracht.

Obwohl Fugmann nach dem Eintreffen der Mordkommission wiederholt lichte Momente hatte und dann über seine Tat selbst erschüttert war, gewannen doch zum größten Teil religiöse Wahnvorstellungen Gewalt über ihn. In seinem Zustand verunreinigte sich Fugmann mit seinem eigenen Kot und aß davon. Den vereinten Kräften von 4 Polizisten gelang es, den nackten gefesselten Fugmann zu säubern und in einem herbeigerufenen PKW zu laden. Trotzdem er verzweifelte Anstrengungen machte, den Polizisten Widerstand zu leisten, wurde die Fahrt bis nach Bischofswerda fortgesetzt, wo Fugmann durch einen herbeigerufenen Arzt eine Morphiumspritze erhielt, die ihn beruhigte. Im Anschluß daran wurde sein Abtransport nach der Landesanstalt Großschweidnitz durchgeführt.

Besonders bemerkenswert ist, daß Fugmann in seinem religiösen Wahn mit Entrüstung die Zumutung von sich wies, ihm Kleider anzulegen, und dabei einen derartigen Widerstand leistete, daß dieses Vorhaben scheiterte. Er brachte dabei zum Ausdruck, daß sein Körper keine Kleider mehr tragen dürfe, sondern daß die Heilige Schrift verlange, daß sein Körper mit dem Blute des OPFERS unberührt bleiben müsse. Desgleichen stellte er das Ersuchen, den Tatort nicht zu verändern und einen Anhänger der Sekte bzw. Bibelforscher hinzuführen und durch diesen die Deutung über das Vorgefallene einzuholen.

Die beiden Kinder sind trotz ihres jugendlichen Alters durch den Einfluß des Vaters und die daheim abgehaltenen Bibelstunden schon jetzt zu überzeugten Anhängern dieser unheilvollen Lehre geworden. Dies geht klar daraus hervor, indem von ihnen selbst zum Ausdruck gebracht wurde, daß die Tat des Vaters richtig gewesen sei.

Von einer Vernehmung des Täters muß infolge seines Geisteszustandes Abstand genommen werden. Eine Rücksprache mit der Landesheilanstalt Großschweidnitz am 27.5.49 ergab, daß an eine Vernehmung des Täters keinesfalls zu denken ist.

Besonders hervorzuheben ist, daß der größte Teil der Einwohnerschaft von Belmsdorf nach dem Bekanntwerden der Bluttat in der Nähe des Spritzenhauses erschien und beim Abtransport des Täters ihrer hellen Empörung über das Geschehene und dem unheilvollen Einfluß der Irrlehre Jehovas Zeugen Ausdruck verlieh.

Fugmann wurde während seiner Militärzeit an einer

Kopfverletzung operiert. Diese Verletzung machte auch in letzter Zeit erneut besondere Beschwerden. Dessen ungeachtet ist zweifellos das Motiv zur Tat in den irrigen Auslegungen der Schrift durch die Sekte (wörtlich) zu suchen. Fest steht, daß sich Fugmann vorwiegend in letzter Zeit auf das Intensivste mit der Irrlehre befaßt hat.

Da der Vorfall von politischer Bedeutung ist, wurde das Kommissariat 5 eingeschaltet und berichtet gesondert darüber.«

Erster Haftraum: Spritzenhaus in Belmsdorf (heute)

Wie gehen falsche Lehrer vor? Auf sehr hinterlistige Weise. Abtrünnige schleusen »unauffällig« schädliches Gedankengut ein, »schmuggeln« ihre verkehrten Ansichten also heimlich, still und leise in die Versammlung. Und wie Betrüger, die mit geschickt gefälschten Dokumenten arbeiten, so versuchen Abtrünnige, anderen »verfälschte Worte«, also irreführende Argumente, unterzuschieben, um ihnen ihre verkehrten Ansichten

> als »echt« zu verkaufen. Sie verbreiten »trügerische Lehren« und »verdrehen« die Schriften zu ihren Gunsten (2. Pet. 2:1, 3, 13; 3:16). Abtrünnige haben nicht das geringste Interesse daran, dass es uns gut geht. Ihnen zu folgen würde uns nur vom Weg zum ewigen Leben abbringen.
>
> *Der Wachtturm*

Die Gewalttat war nicht nur Gespräch in Belmsdorf und in Bischofswerda. Sie stand am nächsten Tag auch in der Zeitung. »Grauenvolle Bluttat eines religiös Wahnsinnigen. Am Dienstag, den 24.5.49 gegen 6.00 Uhr ermordete der Steinarbeiter Karl Fugmann, 38 Jahre alt, wohnhaft Belmsdorf X pt., seine Ehefrau, die 42jährige Alma Fugmann, geb. Nürnberger, daselbst wohnhaft, indem er mit einem Küchenmesser und Büchsenöffner ihren Hals durchschnitt. Zuvor hatte er versucht, ihr durch Beibringung von zahlreichen tiefklaffenden Schnitten auf der linken Rückenseite tödliche Verletzungen beizubringen. Seine beiden 15jährigen Mädchen konnten sich durch rasche Flucht dem gleichen Schicksal entziehen.

Nach den bisherigen Feststellungen beging Fugmann die Bluttat in einem Zustand religiösen Wahnes, der wegen seiner starken Beeinflussung durch die religiöse Sekte Jehovas Zeugen hervorgerufen wurde. Der Täter brachte in seinen Predigten nach der Bluttat klar zum Ausdruck, daß er eine Tat im Sinne Jehovas richtig vollbracht habe. Die religiöse Verblendung, die Fugmann zur Tat führte, ließ ihn vorher seine Familienangehörigen nackt ausziehen, wobei er sie aufforderte, die Haare aufzulösen,

Schmuck abzulegen und die Bilder von den Wänden zu nehmen. Die Einwohnerschaft von Belmsdorf nahm an dem Vorfall starken Anteil und brachte beim Abtransport des Täters ihrer Empörung hinreichend zum Ausdruck, wobei sie klar in seiner Anhängerschaft zu den Zeugen Jehovas die Beweggründe zur Tat aufzeigte.«

Die parteistaatliche Sicht auf das Geschehen war klar: Die Glaubensgemeinschaft von Jehovas Zeugen hatte den Gattenmord Karl Fugmanns provoziert und ihn gutgeheißen. Das ließ sich perfekt als Propaganda nutzen. Solche Schuldzuweisung blieb natürlich nicht ohne Wirkung auf die davon Betroffenen. Die örtliche Gruppe von Jehovas Zeugen sah sich unbegründet und bösartig der Gewalt verdächtigt. Vor allem setzte diese öffentliche Diskussion sie ungeschützt dem Hass und der Hetze der Bevölkerung aus. Die Gläubigen fühlten sich nicht nur verbal bedroht. Medientechnisch konnten sie der Hetze nichts entgegensetzen. Widerspruchslos nahmen sie die Kampagne jedoch nicht hin.

Dr. Kulicke, Staatsanwalt beim Kreisgericht in Bautzen, ging am 30. Juni 1949 »das Schreiben privatim zu«. Er übergab es den Ermittlern.

»19.6.1949 Jehovas Zeugen – Gruppe Bautzen
Bergstr. 3

Sehr geehrter Herr Kulicke!

Es wird Ihnen wahrscheinlich ebenfalls aufgefallen sein, daß in der letzten Zeit eine unverantwortliche Hetze gegen die Tätigkeit der Zeugen Jehovas, vor allem im Lande Sachsen, systematisch durchgeführt wird. Nicht nur von den Kanzeln, auch in den Schulen, in den Fabriken und vor allem auch in den Zeitungen wird eine Verleumdungspropaganda in Szene gesetzt, die darauf hinausläuft, unser Volk in zwei Teile zu zerspalten. Jede, auch die kleinste Sache, die irgendwie den Zeugen Jehovas angehängt werden kann, wird dazu benutzt, diese Menschen in ihrem Tun und Handeln zu verunglimpfen.

Wenn wir mit dem Volke sprechen, so stoßen wir dort nur dort auf Gegner, wo Friedensorganisation vorhanden ist. Wir sehen es daher als unsere Pflicht an, auch Ihnen eine kurze Aufklärung über unsere Tätigkeit zu geben, damit Sie beim Auftauchen irgendwelcher nachteiliger Gerüchte über uns in der Lage sind, sich ein sicheres Urteil zu bilden.

Jehovas Zeugen vertreten den klaren Standpunkt der heiligen Schrift als des allein gültigen Wortes Gottes und tun das, was sie nach eifrigem Erforschen dieser Schrift als den Willen des allmächtigen Gottes erkennen. Sie nehmen demzufolge als getreue Nachfolger des Herrn Jesus Christus den Standpunkt ein, daß das Reich Gottes, von dem schon Jesus lehrte, daß es nahe herbeigekommen ist, nunmehr in Erscheinung tritt, da die Zeit dafür gekommen ist.

Jehovas Zeugen treiben keinerlei Spekulation auf wirtschaftlichem Gebiet, sie stehen ferner neutral gegenüber jeder Politik und enthalten sich auch jeglichen Urteils über behördliche Maßnahmen, da sie sich von vornherein diesen menschlichen Anordnungen unterwerfen, solange dieselben mit den Geboten des allmächtigen Gottes in Uebereinstimmung sind. Ihre Haupttätigkeit liegt darin, die Menschen auf den Ernst der Zeit und ihre Umkehr zu Gott hinzuweisen, da Gott will, daß die Menschen den Weg des Lebens erkennen und von ihren falschen Handlungen abstehen möchten.

Jehovas Zeugen vertreten die absolute Einheit auf der ganzen Welt. Sie predigen und halten den wirklichen Frieden untereinander und mit allen Menschenbrüdern. Sie versuchen ferner in uneigennütziger Weise den Menschen die Bibel verständlich zu machen, so daß sich jeder davon überzeugen kann, daß darin nicht leere Worte stehen, sondern wunderbare Verheißungen für die nahe Zukunft, die so bestimmt in Erfüllung gehen werden, wie die damals fälligen Prophezeiungen in Bezug auf die Juden und Jerusalem in Erfüllung gegangen sind.

Als Beweis dafür, daß wir Zeugen Jehovas uns nur mit dem Friedensgedanken beschäftigt haben und die Liebe an unseren Nächsten üben auch dann, wenn er sich als unser Gegner erweist, möchten wir erwähnen, daß im letzten Weltkrieg Katholiken gegen Katholiken, Protestanten gegen Protestanten und Sektierer gegen Sektierer gekämpft haben, niemals aber Jehovas Zeugen gegen Jehovas Zeugen. Obwohl diese in 96 Ländern der Erde bestehen, haben sie in jedem Lande, das in den Krieg verwickelt war, sich geweigert, eine Mordwaffe in die Hand zu nehmen, weil sie kein Blut vergießen.

Unseren Gegnern aber ist keine Lüge zu groß, als

daß sie nicht dazu benutzt wird, um unsere Friedenstätigkeit zu diffamieren. Ja, dieser Haß, den unverantwortliche Hetzer ausstreuen, ist sogar soweit gegangen, die Tat eines Wahnsinnigen in Belmsdorf, der einige Versammlungen von uns besucht hatte, aber nachweislich kein Zeuge Jehovas war, dazu zu benutzen, uns als Mordorganisation zu bezeichnen. Jeder anständig denkende Mensch wendet sich von solchen lügenhaften Hetzmethoden ab. Heute noch werden in den Gerichtssälen die frevelhaften Taten gegen das jüdische Volk abgeurteilt, die auf Grund der beispiellosen Hetze einer Nazi-Journaille, insbesondere des *Stürmer* und anderer, den religiösen Haß gegen die Juden geschürt haben, so daß ungezählte Millionen in den Konzentrations- und Vernichtungslagern umgebracht wurden. Die heutigen Hetzer müßten wissen, daß sie nicht ungestraft eine derartige Greuelpropaganda betreiben, denn nichts wird sich bitterer rächen, als die Vergewaltigung des Rechts.

Jehovas Zeugen lieben und unterstützen den Frieden und haben noch niemals zum Kriege gehetzt; trotzdem wagen es unsere Feinde, die sich gleichzeitig als die Feinde der Wahrheit bloßstellen, uns als Kriegshetzer zu bezeichnen. Wer Haß sät, wird Sturm ernten, so lautet ein Sprichwort, das sich noch immer bewahrheitet hat.

Jehovas Zeugen werden allem Hohn und Spott und allen Verleumdungen zum Trotz weiterhin getreu ihrem Gelöbnis Gott gegenüber die Wahrheit vertreten und allüberall verkündigen. Mögen sie es hören oder nicht. Gottes Auftrag ist es, den sie durchführen. Er will, daß den Sanftmütigen die frohe Botschaft gebracht wird, daß verbunden werden, die zerbrochenen Herzens sind, und daß Freiheit ausgerufen wird den Gefangenen sowie die verwitwete und verwaiste Menschheit zu besuchen und zu trösten. Auch soll die Menschheit gewarnt werden, daß der Gott des Himmels in seiner großen Geduld bis heute geschwiegen hat zu allem Unrecht, das auf der Erde geschehen ist, daß er aber einen Tag des Gerichts gesetzt hat, um alle Boshaftigkeit von dieser Erde hinweg zu tun, und daß alle mitbetroffen werden, die sich der Bosheit weiterhin zuwenden.

Wir würden uns freuen, wenn Sie auf Grund unserer Erklärung uns besser verstehen und sich dazu entscheiden wollten, uns Gerechtigkeit widerfahren zu lassen, indem Sie aller Lügenflut, die an Sie herantreten sollte, mit der Erklärung gegenüber treten, daß Jehovas Zeugen von Ihnen aus gesehen, nur das Rechte tun, wenn sie Gott und seinem Wort gehorchen.

Vielleicht geben Sie uns Gelegenheit, Ihnen mündlich weiterhin über uns und unsere Botschaft Bericht zu erstatten.

Mit vorzüglicher Hochachtung
Jehovas Zeugen – Gruppe Bautzen«

Die Mediziner der Landesheilanstalt Großschweidnitz begutachteten ihren neu eingelieferten Patienten: »Befund am 25.5.49: Patient war leidlich ruhig und gab bereitwillig Auskunft. Er war jedoch zeitlich und örtlich nicht orientiert. Er wußte also nicht, wo er sich befindet und in welcher Zeit wir leben. Zu seiner Person gab er an, er heiße Fugmann, Karl, wohne in Belmsdorf Nr. X, sei von Beruf Steinmetz. Er sei verheiratet, habe 2 Kinder, habe die Schule besucht, habe gut gelernt, er sei 38 Jahre und am 25.12.1911 in Schmölln/Sa. geboren. Er habe den Krieg mitgemacht und sei voriges Jahr aus der Gefangenschaft zurückgekehrt.

F: ›Haben Sie mit Ihrer Frau gut gelebt?‹

A: ›Ich habe mich gut vertragen, ich kann nicht verstehen, was ich gemacht habe. So ein Blödsinn.‹

F: ›Was haben Sie denn gemacht?‹

A: ›Ich soll meine Frau totgemacht haben. Ich habe ihr den Hals durchschnitten.‹

F: ›Hat Ihnen das jemand befohlen?‹

A: ›Das kam mir so ein.‹

F: ›Haben Sie eine Stimme gehört?‹

A: ›Nein.‹

F: ›Ist der Teufel in Sie gefahren?‹

A: ›Ja.‹

F: ›Ich denke, Sie sind ein Zeuge Jehovas?‹

A: ›Die können mich am Arsch lecken. Da gehe ich nicht mehr hin.‹

F: ›Sind Sie in einer Kirche?‹

A: ›Aus der Kirche bin ich ausgetreten.‹

F: ›Hat Sie jemand geheißen, Ihre Frau zu töten?‹

A: ›Das kann sein, daß mich jemand beeinflußt hat und mich soweit gebracht hat. Ich kann nicht einmal ein Tier totmachen, geschweige denn einen Menschen.‹

In der darauffolgenden Nacht war Fugmann sehr unruhig, zerriß sein Bettzeug und seine Leibwäsche und sogar seinen festen Strohsack. Darauf stellte ich ihn und fragte ihn, ›warum zerrissen Sie das?‹.

A:›Das kam wieder so über mich.‹

F: ›Haben Sie geträumt?‹

A:›Das kann sein, daß ich das nur geträumt habe. Ich kann das so so … sagen. Weiß nicht, was man tut.‹

Befund am 26.5.49: Er war leidlich ruhig, aber immer noch sehr zerstörungssüchtig. Am 30.5.49 zeigte er immer noch ein gespanntes Wesen. Er steht in seinem Isolierzimmer mit erhobenen Händen zum Himmel und beginnt laut zu schreien: ›Auch ihr seid solche Höllenhunde!‹ Dabei versuchte er mich anzugreifen.« Der Arzt ist sich der Zukunft des Patienten sicher: »Verbleibt wahrscheinlich ständig in Anstalt.«

Trotz des verwirrten Zustands des Patienten gestatteten die Ärzte in der Landesanstalt Großschweidnitz den Ermittlern ein Verhör. Wie im medizinischen Protokoll schienen manche der Fragen suggestiv, um die erwarteten Antworten zu erhalten. Das Spiel konnte der Verhörte nicht durchschauen.

»Name:	Fugmann, Karl geb. 25.12.1911 in Schmölln/Sa.
Beruf:	Kristall-Glasschleifer
Zuletzt beschäftigt:	Steinbruch Demitz-Thumitz als Pflastersteinschläger
Wehrmacht:	Obergefreiter

Ich wurde am 25.12.1911 als drittes Kind des Steinbrucharbeiters August Fugmann in Schmölln geboren.

Ich möchte hinzufügen, daß vor mir schon Geschwister geboren worden sind, aber wieviel und wann, kann ich nicht sagen. Ich besuchte 8 Klassen die Volksschule in Schmölln und war dann als Lehrling (Kristallglasschleifer) bei Biesold in Schmölln beschäftigt. Infolge Differenzen mit dem Lehrherrn unterbrach ich nach 2 Jahren das Lehrverhältnis und setzte das 3. Lehrjahr bis zur Gehilfenprüfung bei der Firma Kirrmeyer in Bischofswerda fort. Kurz nach Abschluß der Gehilfenprüfung gab es in meinem Beruf keine Arbeit und ich entschloß mich deshalb, eine andere Arbeitsmöglichkeit zu suchen. Ich arbeitete dann vorübergehend beim Straßenbau und ging dann in den Steinbruch nach Demitz-Thumitz. Da zu dem damaligen Zeitpunkt ein allgemein wirtschaftlicher Niedergang zu verzeichnen war, wurde auch ich arbeitslos und bezog Unterstützung. Meine Untätigkeit zog sich mit kleineren Arbeitsunterbrechungen bis zum Jahre 1933 hin.

Etwa 1930 lernte ich meine spätere Frau, Alma Nürnberger, in Langenburkersdorf kennen. Im Jahr 1933 schlossen wir am Wohnsitz meiner Frau in Neustadt/ Sachs. die Ehe. Infolge der Wohnungsschwierigkeiten blieb meine Frau bei ihren Angehörigen in Neustadt wohnen und ich verblieb werktags in Schmölln, wo ich nach meiner Eheschließung bei Fa. Strehle Arbeit gefunden habe.

Im Jahre 1934 wurden uns in Neustadt Zwillingsmädchen geboren. Ein Jahr später bekam ich endlich in der Nähe meiner Arbeitsstelle eine Wohnung und zog mit Frau und Kindern nach Belmsdorf Nr. 21. Nach 2 Jahren verlegte ich meine Wohnung in das Grundstück Nr. X. Ich stand von nun an regelmäßig in Arbeit als Steinarbeiter bzw. Pflastersteinschläger und hatte genügend Auskommen.

1940 wurde ich zur Wehrmacht einberufen. Ich war als Infanterist in Rußland und bin 2 mal verwundet worden. Während meiner Soldatenzeit hatte ich mit meinen Ohren Beschwerden, die eine Operation am rechten Ohr im Laufe der späteren Gefangenschaft zur Folge hatten. 1945 geriet ich in der ČSR in russische Gefangenschaft und kam nach dem Donezkbecken. Am 7. Juli 1948 kehrte ich aus der Gefangenschaft nach Belmsdorf zurück.

Da ich in meinem rechten Ohr ständig Beschwerden hatte, war ich deswegen einige Wochen krank. Dann suchte ich mir Arbeit und fand Beschäftigung als Pflastersteinschläger bei der Firma Kunath in Demitz-Thumitz (Sächsische Granitwerke).

Ich war mit meinem Verdienst zufrieden und konnte mit meiner Familie der Zeit entsprechend leben. Mit meiner Frau habe ich mich gut verstanden und hatte mit meinen Kindern keinen Ärger.«

Steinbruch Demitz-Thumitz: der Arbeitsplatz des Täters

»In meiner Freizeit habe ich mich mit Musizieren beschäftigt und hielt auch meine Kinder zum Lernen an. Ich war nach meiner Rückkehr auch wieder mit dem von früher bekannten Heinz Hänsch aus Belmsdorf zusammengekommen. Da wir miteinander befreundet waren, statten wir uns gegenseitig Besuche ab. Dieser Hänsch war es auch, der zu der Sekte Zeugen Jehovas Verbindung hatte und der mich auch dort einführte.

Es wurde damals in Belmsdorf eine Versammlung abgehalten, zu der ein gewisser Örtel aus Bischofswerda erschien und sprach. Hänsch lud mich ein, an der Versammlung teilzunehmen. Nach einer gewissen Zeit erschien einmal dieser Örtel unaufgefordert bei mir in der Wohnung und hielt dort vor mir und meiner Familie einen ähnlichen Vortrag ab. Örtel las aus der Bibel vor und legte und deutete nach seinem Ermessen die Worte der Schrift aus. Örtel erschien regelmäßig jede Woche in der Wohnung und hielt in der gleichen Weise seine Vorträge, die sich jedesmal auf ungefähr eine Stunde erstreckten. Desgleichen forderte er mich auf, an den regelmäßigen Versammlungen der Sekte Jehovas Zeugen teilzunehmen. Ich gebe zu, daß ich durch die laufenden Vorträge von Örtel und die Teilnahme an den Versammlungen Anhänger der Anschauung geworden bin, allerdings noch nicht getauft wurde. Ich habe die Vorträge von Örtel und an die Lehre geglaubt. Soviel ich orientiert bin, gibt es keine Mitglieder, sondern nur Anhänger.

Ich habe mich in meiner Freizeit auch daheim mit der Lehre beschäftigt. Ich kann bestätigen, daß meine Ehefrau sich nicht in dem Maße wie ich für die Anschauung interessierte und hielt eher mehr Abstand von der Sache.

Am Sonnabend, den 21.5.1949 fuhr ich auf Anraten meiner Ehefrau nach Bautzen zu Dr. med. Mommsen, Ohrenarzt, und ließ mich untersuchen. Der Grund dafür ist in meinen fortlaufenden Ohrenbeschwerden zu suchen. Hier möchte ich noch einflechten, daß meine Ehefrau mich begleitete. In Bautzen besuchte ich mit meiner Frau meine Schwester Thekla Fugmann, gesch. Baumeister, die auf der Töpferstr. Nr. 29 wohnt. Noch am gleichen Tage trat ich mit meiner Frau die Rückfahrt nach Belmsdorf an. Während meine Frau bis nach Belmsdorf bzw. Bischofswerda fuhr, stieg ich schon in Demitz-Thumitz aus, um Töpfe zu holen, die ich zum Reparieren gegeben hatte. Da ich in der Reparatur-Werkstatt niemand antraf, begab ich mich ohne Töpfe nach Haus. Als ich daheim ankam, war niemand anwesend; denn meine Frau hatte sich mit meinen Kindern zum Bibelabend der Zeugen Jehovas nach Bischofswerda begeben. Nachdem ich gegessen hatte, lief ich nach Bischofswerda und holte meine Angehörigen ab. Als ich am Sonnabendabend meine Familie Versammlungslokal ›Goldener Engel‹ in Bischofswerda abholte, forderte mich Örtel auf, am nächsten Sonntag mit Missionieren zu gehen, d. h. für die Anschauung zu werben, wozu ich mich bereit erklärte. Wir verabredeten miteinander, uns in Putzkau zu treffen. Da jedoch Örtel von Bischofswerda aus nach Putzkau den Zug benutzte und ich von Belmsdorf aus nach Putzkau zu

Fuß ging, verfehlten wir uns. Ich benutzte in Putzkau die Gelegenheit, um den mir bekannten, dort wohnenden Friedemann Haufe zu besuchen. Nachdem ich mich mit Haufe längere Zeit unterhalten und auch über die Bibel gesprochen hatte, kehrte ich gegen 13.00 Uhr nach Belmsdorf zurück.

Am Montagmorgen, den 23.5.49 begab ich mich wie gewöhnlich zur Arbeit. Ich berichtige meine Aussage dahingehend, da ich um 11.00 Uhr zur Schicht ging, von der ich gegen 22.00 Uhr zurückkehrte. Ich habe die letzte Zeit sehr unruhig geschlafen und mir kam es vor, besonders am Montag, meinem letzten Arbeitstage, als ob meine Schritte gelenkt würden und ich gar keinen eigenen Willen hatte. In der Nacht vom Sonntag zum Montag wurde ich wach und hörte ein Fahrzeug ins Dorf hinabfahren. Der Lichtschein dieses Fahrzeuges, der in mein Kammerfenster fiel, irritierte mich vollkommen und löste in mir bedeutende Unruhe aus. Ich hatte am Montag auf dem Heimweg von der Arbeit ein Zeichen am Himmel wahrgenommen, was etwa wie eine untergehende Sonne mit einem Kreuz aussah und das mich vollkommen willenlos machte. Ich war jedoch schon den ganzen Tag über in einem unerklärlichen Bann.

Als ich meine Wohnung erreichte und in dieselbe eintrat, schliefen meine Kinder und nur meine Frau erwartete mich. Bei meinem Eintritt in die Stube war es mir, als wenn alles mir Unbegreifliche von mir anfiel und ich mich wie sonst fühlte. Ich fragte meine Frau, wie ihr der Tag vorgekommen sei, worauf sie mir erwiderte, daß sie nichts besonderes festgestellt habe. Trotzdem erzählte ich ihr, wie mir zumute war. Wir aßen gemeinsam Bratkartoffeln und begaben uns dann zur Ruhe gegen 23.00 Uhr. Nachdem wir eine Weile geschlafen hatten, erwachte ich und begab mich mit meiner Frau in die Küche, wo ich sie gebrauchte. Im Anschluß an den Geschlechtsverkehr begaben wir uns wieder in das Schlafzimmer und legten uns nieder. Wir hatten nur der Kinder wegen die Küche aufgesucht. In der gleichen Nacht fuhr wieder ein Fahrzeug an unserem Schlafzimmer vorüber und der Lichtschein fiel ebenfalls wieder ins Schlafzimmer, was die gleiche Unruhe wie in der vorhergehenden Nacht in mir auslöste.

Ich stand auf, zog von der Küchentür die Schlüssel ab und holte sie zu mir ins Bett hinein. Warum ich dies tat, kann ich nicht sagen. Ich habe es sonst nie gemacht. In meiner Unruhe wollte ich nun wieder aufstehen und die neben mir auf dem Bett liegenden Schlüssel wieder in das Schlüsselloch der Küchentür stecken, woran mich meine Frau hinderte. Ich kann mich erinnern, daß ich trotzdem aufstand, nach der Küche ging, worauf mir meine Frau folgte. Mir ist es fast so, als wenn ich meine Frau gebrauchen wollte. Meine Frau sagte zu mir, es sei ja schon Tag und die Kinder würden bald kommen. Meine Kinder, die inzwischen wachgeworden waren, traten in die Küche. Daraufhin forderte ich meine Angehörigen auf, die Bilder in der Küche von den Wänden zu nehmen, den Schmuck abzulegen und sich zu entkleiden. Ich weiß noch, daß ich meine Frau festgehalten habe und daß sie sich wehrte. Im Laufe dieser

Auseinandersetzung verließen meine Kinder die Küche und begaben sich in das Schlafzimmer zurück. Mir ist erinnerlich, daß ich meine Frau mit den Händen an dem Halse gewürgt habe. Ich weiß, daß ich mit dem großen Küchenmesser den Hals meiner Frau zerschnitten habe. Ob ich sonst noch irgendwelche Verletzungen meiner Frau zugefügt habe, ist mir nicht bekannt. Als meine Frau am Boden lag, zog ich den Schubkasten aus dem Küchenschrank und leerte den Inhalt über meiner Frau aus. Ich kann mich sonst auf nichts mehr entsinnen. Ich weiß nichts davon, was sich dann noch abgespielt hat. Ich kann mich noch erinnern, daß der in meinem Hause wohnende Glemnitz, Rudolf, durch die Kammertür in die Küche kam und mich fragte, was ich hier gemacht hätte. Ich forderte ihn auf zu verschwinden, worauf er meiner Aufforderung Folge leistete. Ich stieg dann nackt vor das Kammerfenster in den Garten und predigte dort, was mir die Zeugen Jehovas gelehrt hatten.

Es waren eine Anzahl Leute dort versammelt und die Polizei, die mich festnahm. Ich bin nicht in der Lage, über nähere Einzelheiten meiner Predigt Auskunft zu geben. Etwas klarer wurde mir erst wieder, als ich im Spritzenhaus lag. Mir werden die Aussagen des Zeugen Glemnitz vorgehalten, die ohne weiteres möglich sind, auf die ich mich jedoch nicht entsinnen kann.

Ich behaupte, daß ich in meinem heutigen normalen Zustand niemals diese Tat begangen hätte. Ich nehme fast an, daß ich durch meine intensive Befassung mit der Lehre der Zeugen Jehovas zu dieser Tat gekommen bin. Wahrscheinlich hat mich die Auslegung in einen Zustand versetzt, in dem ich nicht mehr gewußt habe, was ich gemacht habe.

Da ich annehme, daß nur durch die Anhängerschaft zu den Zeugen Jehovas die Tat durch mich begangen wurde, bin ich zu der Einsicht gelangt, daß ich mich von dieser Lehre abwende und bereits heute nach reiflichem Überlegen nicht mehr daran glaube. Bestimmt würde meine Frau heute noch leben, wenn ich nicht Anhänger dieser Lehre geworden wäre.

Ich bin gewillt, wenn ich wieder nach Hause kommen sollte, meine Kinder von der Lehre der Zeugen Jehovas abzubringen, da ich erkannt habe, daß nur diese Lehre Schuld an dieser blutigen Tat trägt. Meine Angaben entsprechen der vollen Wahrheit und erfolgten ohne Zwang.«

Die Fragen des Polizeioberkommissars Harald Kuppke sind aus dem Protokoll leicht rückzuschlüsseln. Indirekt legte der Ermittler Karl Fugmann die gewünschten Antworten in den Mund. Sie entsprachen der offiziell verbreiteten Argumentation von Partei und Staatsführung: »Jehovas Zeugen trieben Ehemann zum Gattenmord.« Die Absicht war erkennbar, für Propagandazwecke schien der Mordfall Fugmann bestens geeignet. Doch dieser vereinfachten Mordgeschichte widersprachen die Psychiater sofort und schrieben an die Kriminalpolizei: »Karl Fugmann war hier am Tage seiner Vernehmung durch die Kriminalpolizei Bautzen zugänglich, in seinem äußeren Verhalten ruhig und geordnet und in jeder Hinsicht (persönlich, örtlich und zeitlich) ausreichend orientiert. Er war ferner in der Lage, auf Fragen in einer verständlichen und allgemeinen Form zu antworten. In diesem Sinne war er also vernehmungsfähig. Da es sich aber bei ihm um einen Geisteskranken handelt, der offenbar unter dem Einfluß krankhafter Vorstellungen und Erlebnisse steht, sind seine Erklärungen nicht verwendbar. Er ist nicht in der Lage, rechtlich erhebliche Angaben zu machen. Er ist natürlich auch nicht zeugnis- und eidesfähig.

Einen Anhalt für eine ernste Schädelverletzung hat die bisherige Untersuchung bei ihm nicht ergeben. Ein endgültiges Urteil ist darüber jedoch noch nicht möglich, da eine eingehende und systematische Untersuchung im Hinblick auf seinen psychischen Zustand noch nicht durchführbar war. Nur soviel steht z. Zt. fest, daß er vor etwa 1 Jahre in russischer Gefangenschaft eine rechtsseitige Mittelohrentzündung mit Beteiligung des Warzenfortsatzes durchgemacht hat, die einen operativen Eingriff (Aufmeißelung des Warzenfortsatzes) notwendig machte. Fugmann gibt an, daß er bei Witterungswechsel auch jetzt noch ein Stechen im rechten Ohr habe und daß es bei Erkältungen zu einer leichten eitrigen Absonderung komme. Größere Beschwerden habe er jedoch nicht.«

Die kriminalpolizeilichen Recherchen gaben ein Vierteljahr darauf, am 11. August 1949, Auskunft zur unmittelbaren Vorgeschichte der Gewalt und unterstützten erneut das staatlich befürwortete Tatmotiv: »Besonders in den letzten Tagen vor der Ausführung seiner Mordtat beschäftigte sich Fugmann mit den bereits angeführten heiligen Schriften, insbesondere mit *Wachtturm*. Wie selbst seine Tochter Ursula zum Ausdruck gebracht haben soll, hat er bis in die Nachtstunden diese Schriften studiert. Bezeichnender Weise konnte in einer kurz nach der Mordtat erfolgten Überprüfung seiner Wohnräume ein *Wachtturm* sichergestellt werden, den Fugmann eingehend studiert hat und mehrere Stellen mit einem Grünstift unterstrich. Hierbei handelt es sich besonders um den Artikel, der die Überschrift trägt: ›Zum Gedächtnis an die Gründung der neuen Welt – und es werden selbigen anbeten alle Bewohner der Erde, deren Namen nicht geschrieben ist im Lebensbuche des Lammes, das geschlachtet ist, seit der Gründung der Welt‹.

Es ist interessant, festzustellen, daß allein in diesem Artikel, der 4½ Seiten umfaßt, in sechs Fällen Blut, in 21 Fällen vom Tod, in 17 vom Schlachten, in 13 vom Lamm Gottes und ebenfalls in 13 Fällen vom Schuldopfer geschrieben wird. Es kann keinesfalls als Zufälligkeit betrachtet werden, daß Fugmann gerade jene Stellen unterstrich, in denen vom Blutopfer und vom Schlachten des Lammes in bestimmten Zeiten geschrieben steht. Es besteht im Gegenteil die dringende Vermutung, daß sich Fugmann bereits bei dem Studieren der Schrift mit dem Bringen von Blutopfern befaßt hat, so wie es seine darauffolgende Tatausführung aufzeigt.«

Die politische Brisanz des Falles war erkannt, die Zeugen Jehovas als Feinde des sozialistischen Aufbaus längst ausgemacht. Karl Fugmann sollte als Beispiel für die Indoktrination und Menschenverachtung dieser Religion dienen. Mehrmals hat sich das sächsische Justizministerium über den Fortgang der Ermittlungen berichten lassen, es galt, propagandistisches Material daraus zu schlagen. Besorgte Bürger stellten Strafanzeigen gegen die Glaubensorganisation. Die geschürte Volksmeinung verlangte von den Behörden entschlossenes Handeln, mit dem sich weiter gut argumentieren ließ.

Der im gehobenen Dienst stehende Kriminaloberrat Schubert, Polizeiamtsleiter in Bautzen, unterbreitete - ob aus Karrieregründen oder Überzeugung blieb ungeklärt - den Vorschlag, Karl Fugmann von Berliner Spezialisten begutachten zu lassen. Er vermittelt damit den mit dem Fall Betrauten den Eindruck, dass die Psychologen in der Hauptstadt den Behörden schneller und besser passende Argumente zu liefern in der Lage wären, da sie öfter mit solchen Fällen in Berührung stünden als die Kollegen in der sächsischen Provinz.

Am 12. August 1949 schrieb die Landesregierung an die Staatsanwaltschaft Bautzen: »Unter Bezugnahme auf die am 25.7. mit Herrn Oberstaatsanwalt Dr. Rattay geführte Unterredung bittet das Ministerium um baldigen Bericht darüber, welche Entschließung die StA auf die Anzeigen vom 6. und 9.7. gefaßt hat. Ferner bittet das Ministerium, ihm nach Eingang des Gutachtens der Landesanstalt Großschweidnitz über den Geisteszustand des Beschuldigten Fugmann eine Abschrift davon zu übersenden.« Unterzeichnet: »Dehler, Sachbearbeiter des Justizministeriums, Dresden.«

Am 18. August 1949 antwortete die Staatsanwaltschaft Bautzen der »Landesregierung Sachsen – Ministerium für Justiz in Dresden N-15, Proschhübelstr. 4«. – Der Proschhübel ist eine Erhebung im Norden der Landeshauptstadt, seit dem 1. Juli 1946 trug die Straße diesen Namen. 1879 war sie nach dem sächsischen Kriegsminister Alfred von Fabrice benannt worden, dessen Namen sie nach Stadtratsbeschluss vom 29. September 2011 heute wieder trägt.

Das staatsanwaltliche Schreiben aus Bautzen löste 1950 Streit um Zuständigkeit und Kompetenzen aus und eine Odyssee der Akten. Auf Karl Fugmanns Wahnsinn folgte der pure Wahnsinn für die Behörden.

»Betr.: Strafsache gegen Fugmann, Belmsdorf.

Hierzu wird mitgeteilt, daß der Beschuldigte durch Verfügung vom 18.8.1949 dem Professor Detmold-Franz, Gerichtsmedizinisches Institut Berlin, zwecks Erstattung eines psychiatrischen Gutachtens zugeführt wird. Nach Eingang des Gutachtens wird Ihnen weiterer Bericht zugehen.«

Der Bautzner Oberstaatsanwalt Dr. Rattay wies selbigen Tags noch an:

»Verfügung!

Der des Mordes beschuldigte Karl Fugmann, zur Zeit Heil- und Pflegeanstalt Großschweidnitz, ist umgehend Herrn Professor Detmold-Franz, Gerichtsmedizinisches Institut Berlin, zwecks Erstattung eines psychiatrischen Gutachtens zuzuführen.

Die Überführung des Beschuldigten ist vorerst von Großschweidnitz nach Berlin-Niederbarnim, Polizeigefängnis, durch das Kreiskriminalpolizeiamt Bautzen durchzuführen. Das Kreiskriminalpolizeiamt wird gebeten, die dortige Gefängnisanstalt zu ersuchen, nach dem Eintreffen des Beschuldigten von sich aus sofort Herrn Professor Detmold-Franz von dem Eintreffen des Beschuldigten Mitteilung zu machen.

Aktenübersendung an das Kreiskriminalamt Bautzen unter Hinweis auf Verfügung unter 2.«

Am 16. September schrieb Herr Professor Detmold-Franz vom Universitätsinstitut für gerichtliche und soziale Medizin, Berlin, an den »Herrn Oberstaatsanwalt bei dem Landgericht Bautzen. In der Strafsache gegen Fugmann wegen Mordes – 1 Js 404/49 – reiche ich die Akten zurück. Ich bitte, den Direktor der Nervenklinik der Charité Berlin, Herrn Professor Mosebach, mit der Untersuchung des F. zu beauftragen, da ich auf Grund des Aktenstudiums eine längere klinische Beobachtung und Untersuchung für erforderlich halte. Es muß geklärt werden, ob es sich tatsächlich um eine Besserung des Zustandes oder um eine Dissimulation (absichtliches Herunterspielen bzw. Verbergen von Krankheitszeichen) handelt. Diese Entscheidung kann nur durch eine klinische Beobachtung getroffen werden.«

Die klinische Begutachtung des Patienten nahm also in Berlin ihren Fortgang. Oberstaatsanwalt Dr. Rattay in Bautzen hinterließ am 19. Oktober 1949 die Aktennotiz, wohl ahnend, dass es Schwierigkeiten geben würde: »Fugmann wurde im Juli 1949 wegen Mordes an seiner Ehefrau von der Polizei festgenommen und, da er offenkundig geistesgestört war – er bedrohte auch seine Umgebung mit Gewalttätigkeit – der Heilanstalt Großschweidnitz zur Unterbringung zugeführt. Als Fugmann dort einige Zeit sich befand, erschien der Polizeioberrat Schubert bei mir und sprach die Bemerkung aus, daß es sich bei dem Fugmann um religiösen Wahnsinn handelt. Aus diesem Grunde begaben wir uns zusammen nach Großschweidnitz und konferierten mit dem Leiter der Anstalt und dem behandelnden Arzt Dr. Wolf. Aus dem Gespräch mit Dr. Wolf stellte sich heraus, daß er u. U. zu einem Gutachten gelangen würde, wonach der Keim des Wahnsinns mehr in der Person des Fugmann als in allgemein religiösen Ideen zu suchen sei. Kriminaloberrat Schubert, dem eine Mehrzahl ähnlicher Fälle bekannt war, äußerte Bedenken gegen die Richtigkeit des zu erwartenden Gutachtens und empfahl, als Gutachter den Professor Dr. Detmold-Franz in Berlin, der ihm nach dieser Richtung bestens bekannt war, zuzuziehen. Ich ging dann auf Urlaub und der Herr Staatsanwalt Spörl bearbeitete die Sache. Er gibt folgendes an:

Ein telefonischer Anruf des Herrn komm. Generalstaatsanwalts Viehweg vom 17.8.49 wies die Staatsanwaltschaft an, nach vorausgegangener Besprechung der Generalstaatsanwaltschaft mit dem Innenministerium den Beschuldigten Fugmann nach Berlin zu überführen, um von Herrn Prof. Detmold-Franz, Gerichtsmedizinisches Institut Berlin, die Erstattung eines psychiatrischen Gutachtens beizuziehen. Dies erfolgte durch Verfügung der Staatsanwaltschaft Bautzen vom 18.8.49. Am 20.9.49 gelangten die Akten von Herrn Prof. Detmold-Franz zurück mit dem Bemerken, daß zur Erstattung eines Gutachtens eine längere klinische Beobachtung und Untersuchung erforderlich sei und er dazu keine Gelegenheit hatte, und riet die Überführung des Fugmann in die Nervenklinik der Charité, Berlin, zu Herrn Professor Mosebach. Hiervon wurde das Kreiskriminalpolizeiamt Bautzen, das die Überführung des Fugmann besorgt hatte, verständigt, worauf von diesem um Aktenrückgabe gebeten wurde, um Rücksprache mit der Landespolizeibehörde zu nehmen. Trotz Mahnung unsererseits ist bis mit heutigem Tag noch keine weitere Stellungnahme der Landespolizeibehörde hier eingegangen.«

Eine Woche später hakte der Dresdner Oberstaatsanwalt bei der Kriminalpolizei in Dresden nach, wo sich denn die Akten im Fall Fugmann befänden. Die Dresdner waren bislang mit dem Fall noch nicht beschäftigt gewesen, außer dass sie den sachdienlichen Hinweis von Kriminaloberrat Schubert hier gutgeheißen hatten, Spezialisten in Berlin um psychologische Gutachten zu bitten. So schrieb Sachbearbeiter Dehmel aus der Landeshauptstadt nach Bautzen:

»Eilt sehr!

Betr.: 1 Js 404/49 – Strafsache gegen den des Mordes verdächtigten Karl Fugmann

Wie ich erfahren habe, sollen die Ihnen in dieser Sache überreichten Sachakten an eine Berliner Dienststelle gegeben worden sein. Ich bitte dringend um Mitteilung, welche Dienststelle hier in Frage kommt und g. F. um Angabe des in Betracht kommenden Aktenzeichens oder Sachbearbeiters in Berlin.«

Dr. Rattay von der Bautzner Staatsanwaltschaft seinerseits schrieb an den Sachbearbeiter Dehmel in Dresden am 3. November 1949 zurück: »In dieser Sache sind Ihnen durch die unterzeichnete Staatsanwaltschaft die Sachakten überreicht worden. Wir bitten um Mitteilung des Sachstandes und wann die Akten, die hier an sich benötigt werden, von dort nach hier abgegeben werden können.«

Offensichtlich waren die Fugmann betreffenden Akten in beiden Behörden nicht mehr aufzufinden. Vielleicht lagen sie aber noch im Volkspolizei-Kreisamt Bautzen bei Kommissar Kuppke. Auf Nachfrage teilte dieser am 10. November 1949 der Staatsanwaltschaft mit: »Schreiben vom 26.10.1949 an die Kreiskriminalpolizeiabteilung Dresden unter Az.: 1 Js 404/49, sowie fernmündl. Rücksprache a. 10.11.49 zwischen Herrn Ob.-St.A. Dr. Rattay und VP.-Ob.-Komm. Kuppke. Durch die Landesbehörde der Volkspolizei Sachsen Abt. K. Dez. C1 wurde am 4.11.1949 an das VPKA Bautzen Ab. K C1 ein Schreiben zur Erledigung übersandt, welches zum Gegenstand die Nachforschungen nach dem Verbleib der Originalakte gegen Karl Fugmann, Belmsdorf, wegen Mordes hatte. Das Schreiben ist ein Ersuchen der StA Bautzen.

Nach Einsichtnahme in die hier vorhandene Vorgangsdurchsicht wurde festgestellt, daß der Originalvorgang nach vorangegangener Vereinbarung von dem ehemaligen Leiter der Kriminalpolizei Bautzen VP.-Ob.-Rat Schubert an die Landesbehörde der Volkspolizei Sachsen, A. K. Dez. K5 z. Hd. des Herrn Dehmel gegeben wurde. Am 10.11.1949 vormittags wurde ein Ferngespräch mit Herrn Dehmel geführt und von diesem nach hier bekanntgegeben, daß der Originalvorgang gegen Karl Fugmann auf Anordnung des Herrn Generalstaatsanwaltes Viehweg am 15.9.1949 von Herrn Umbreit an die Deutsche Verwaltung des Innern, Hauptabteilung K. – Hauptsachbearbeiter C – in Berlin übersandt wurde.

Daraus ist zu ersehen, daß sich gesamte Originalvorgang entweder bei der genannten Dienststelle in Berlin befinden muß oder zumindest von dort Angaben über den jetzigen Verbleib gemacht werden können.

Das Ergebnis dieser Nachforschung wurde Herrn O.-St.A. Dr. Rattay am Vormittag des 10.11.1949 fernmündlich durch VP.-Ob.-Komm. Kuppke übermittelt. Das Ersuchen der StA. Bautzen vom 26.10.1949 wird als Anlage beigeheftet«, schrieb Kommissar Kuppke. Sein Unverständnis ist aus den Zeilen herauszulesen. Offensichtlich lag Karl Fugmann noch im Krankenhaus des Professors Detmold-Franz und war Professor Mosebach noch gar nicht überstellt worden. So verfügte Oberstaatsanwalt Dr. Rattay am 12. November 1949 von Bautzen aus:

»An das Polizeipräsidium Berlin, Abt. K-Dez. M2 V-Rat Menke mit dem Ersuchen, den wegen Mordes z. Zt. im Untersuchungsgefängnis Berlin, Barnimstr., einsitzenden Häftling Karl Fugmann, wohnhaft Belmsdorf, Krs. Bischofswerda/Sa., umgehend in das Polizeikrankenhaus Berlin NW 40, Scharnhorststr. zwecks Untersuchung auf seinen Geisteszustand durch Prof. Dr. med. Mosebach zu überführen.

An Herrn Prof. Dr. med. Mosebach, Berlin, Nervenklinik, mit der Bitte, den im Polizeikrankenhaus Berlin NW 40, Scharnhorststr., wegen Mordverdachts einsitzenden Karl Fugmann aus Belmsdorf, Krs. Bischofwerda/Sa., auf seinen Geisteszustand zu untersuchen und ein psychiatrisches Gutachten zu erstatten.

Zu 1. Mit dem Zusatz, daß die Akten in der Strafsache gegen Fugmann – 1 Js 404/49 – am 15.9.1949 über die Landespolizeibehörde Sachsen an die Deutsche Verwaltung des Innern, Hauptabt. K. Hauptsachbearbeiter C, weitergeleitet wurden. Diese Akten sind, wenn sie sich noch nicht in Ihrem Besitz befinden, beizuziehen und dem Herrn Prof. Mosebach zur Erstattung seines psychiatrischen Gutachtens zu übermitteln. Herr Prof. Mosebach wird von hier aus noch schriftlich zur Erstattung des Gutachtens ersucht werden.«

Nun war der Direktor der Universitätsnervenklinik der Charité mit dem Fall Fugmann betraut und schrieb am 18. November 1949 »an Herrn Oberstaatsanwalt Dr. Rattay beim Landgericht Bautzen:

Mit Schreiben vom 12. ds. Mts. bin ich ersucht worden, den unter Mordverdacht stehenden Karl Fugmann aus Belmsdorf, Krs. Bischofswerda/Sa., auf seinen Geisteszustand zu untersuchen und darüber ein psychiatrisches Gutachten zu erstatten. Auf Grund einer Vereinbarung mit der Abteilung ›Mord‹ im Polizeipräsidium Berlin (Polizeikommandeur Himmelpfort) ist bereits seit längerer Zeit Herr Ministerialrat Dr. med. Kruse mit der Untersuchung und Vorbereitung des Gutachtens beschäftigt. Er hat den Beschuldigten schon mehrmals untersucht und seine Ueberführung in das Polizeikrankenhaus zum Zwecke einer genaueren Beobachtung angeregt. Auch ich habe auf Ersuchen von Herrn Dr. Kruse den Beschuldigten einmal untersucht und bin bereit, bei der weiteren Vorbereitung und Ausarbeitung des Gutachtens mitzuarbeiten. Ich bitte, sich mit dieser Regelung einverstanden erklären zu wollen.« Unterzeichnet: Mosebach, Professor.

Auch von anderer Seite fühlte sich die Behörde unter Druck. Am 12. Dezember 1949 sandte die »Landesregierung – Ministerium für Justiz Sa. an Ob.-St.A. beim Landgericht Bautzen« das Schreiben: »In der Strafsache gegen Fugmann, Belmsdorf, und der Angelegenheit betr. Strafanzeige der Vereinigung ›Jehovas Zeugen‹ kann der Auffassung, durch die Mitteilung vom 22.11.1949 habe die Anfrage vom 12.11.1949 ihre Erledigung gefunden, nicht beigepflichtet werden. Es wird vielmehr dem nunmehr beschleunigten Bericht über den Stand der Bearbeitung der vorliegenden Strafanzeigen wegen Beschränkung der Religionsausübung usw. entgegengesehen.«

Die Staatsanwaltschaft Bautzen am 28. Dezember 1949 ans Ministerium für Justiz in Dresden: »Auf betreffendes Schreiben wird vorerst bemerkt, daß das Verfahren gegen Fugmann, Belmsdorf, unter dem Aktenzeichen 1 Js 404/49 läuft, des weiteren die Strafsache gegen Belz und 10 andere (Strafanzeige der Vereinigung ›Jehovas Zeugen‹) unter Aktenzeichen 2 Js. 227/49.

In der Strafsache gegen Fugmann ist z. Zt. folgender Sachstand zu berichten: Fugmann wurde von Herrn

Professor Mosebach, dem Direktor der Universitätsnervenklinik der Charité Berlin, auf seinen Geisteszustand untersucht. Fugmann befindet sich z. Zt. in der Untersuchungshaftanstalt Bautzen. Die Akten mit dem psychiatrischen Gutachten sind noch nicht nach hierher zurückgelangt. Nach Eingang wird weiterer Sachstand berichtet werden.

In der Strafsache gegen Belz und 10 andere wurden am 28.10.49 die Sachakten nach Abschluß der Ermittlungen durch die Staatsanwaltschaft Bautzen dem Herrn Generalstaatsanwalt zugestellt zwecks Stellungnahme. Durch Erkrankung des Sachbearbeiters bei der Generalstaatsanwaltschaft, Herrn Staatsanwalt Färber, erlitt die Weiterbearbeitung dort eine Verzögerung. Am 9.12.1949 gelangten die Sachakten zurück mit dem Ersuchen, noch einige Vernehmungen durchzuführen. Am 16.12.1949 wurden die Akten nach Abschluß der ersuchten Ermittelungen der Generalstaatsanwaltschaft wiederum zugestellt. Seit diesem Zeitpunkt befinden sich also die Sachakten bei der Generalstaatsanwaltschaft zur Entscheidung über die weitere Behandlung in dieser Angelegenheit.«

Nun meldete sich der sächsische Generalstaatsanwalt und schrieb an die Staatsanwaltschaft in Bautzen am 17. Januar 1950: »In vorbezeichneter Strafsache ermittelten Sie letztmalig am 22.11.49 - Abschrift eines Schreibens des Herrn Direktors der Universitäts-Nervenklinik der Charité Berlin an die dortige Dienststelle. Da an der Strafsache gegen Fugmann erhebliches öffentliches Interesse besteht, wird sofort nach Eingang des Gutachtens um Bericht über dessen wesentlichen Inhalt gebeten. Sollte bis zum 1.2.1950 das geforderte Gutachten nicht eingegangen sein, wollen Sie an die Erstattung des Gutachtens erinnern.«

Offensichtlich waren die Akten aus Berlin in Bautzen nicht angekommen, so musste Prof. Mosebach erinnert werden, was am 23. Januar 1950 durch die StA Bautzen geschah, desgleichen gelangte die Mitteilung darüber an den Generalstaatsanwalt von Sachsen.

Von der Charité Berlin, Professor Mosebach, am 28 Januar 1950 an die StA Bautzen: »Auf das dortige Schreiben vom 23.1.1950 erwidere ich ergebenst, daß ich Herrn Dr. Kruse, der in der Ermittlungssache Fugmann das geforderte Gutachten erstattet hat, sofort von der dortigen Aufforderung, die Akten nebst dem Gutachten an die Staatsanwaltschaft zu übersenden, in Kenntnis gesetzt habe. Er teilte mir mit, daß er die Akten und das fertige Gutachten bereits an das Polizeipräsidium Berlin (Abt. Mord) weitergeleitet habe, da ihm von dort die Akten und der Gutachterauftrag zugegangen seien. Ich darf wohl annehmen, daß die genannte Stelle angeforderte Akten nebst Gutachten nach dorthin weitergereicht hat.« Zunächst schienen die Akten Karl Fugmann betreffend noch in Berlin zu liegen. Von dort schickte man sie ans Justizministerium, Dresden, Proschhübelstraße 4, nicht an den ermittelnden Staatsanwalt. Doch musste die Staatsanwaltschaft in Bautzen die Untersuchungen zum Abschluss bringen und bat den Generalstaatsanwalt: »Am 10.2.1950 wurden die Ermittlungsakten gegen Fugmann dem Herrn Generalstaatsanwalt persönlich übergeben. Es wird angefragt, ob die Akten jetzt dort abkömmlich sind.« Irgendwann hielt Dr. Rattay die Akten wieder in den Händen und las die von Dr. Kruse verfasste Krankenakte.

> Angenommen, ein Arzt schärft dir ein, dich strikt von einer Person fernzuhalten, die an einer ansteckenden, tödlichen Krankheit leidet. Dir wäre völlig klar, was der Arzt dir sagen will, und du würdest dich gewissenhaft daran halten. Über Abtrünnige sagt die Bibel, dass sie »geistig krank« sind und andere mit ihrem treulosen Gedankengut infizieren wollen (1. Tim. 6:3, 4). Jehova, der beste »Arzt«, rät uns dringend, jeden Kontakt mit ihnen zu meiden. Uns ist klar, was er damit meint. Fragen wir uns: Bin ich fest entschlossen, konsequent auf seine Warnung zu hören?
>
> *Der Wachtturm*

»Exploration 30.10.1949
F: ›Weshalb sind Sie im Gefängnis?‹
A: ›Ich soll meine Frau umgebracht haben.‹
F: ›Soll oder haben Sie?‹
A: ›Ich hab's ausgeführt, ausführen müssen.‹
F: ›Ausführen müssen?‹
A: ›Nu ja, nu ja, ich hab's nicht gewollt.‹
F: ›Weshalb dann getan?‹
A: ›Ich hab Ihnen doch schon mal gesagt, ausführen müssen.‹
F: ›Wie ist das zu verstehen?‹
A: ›Das fragen Sie mich? Sie sind doch Arzt. Das müssen Sie doch besser wissen als ich. Das möchte ich von Ihnen wissen.‹

F: ›Wieso als Arzt wissen?‹

A:›Sie haben doch studiert. Sie wissen doch, was mit den Menschen los ist. Es gibt doch nichts Höheres als einen Arzt. Sagen Sie mir doch, was los war.‹

F: ›Wissen Sie genau, daß Ihre Frau tot ist?‹

A:›Ich habe ja noch die Hoffnung, daß sie lebt, daß mir das verheimlicht wird.‹

F: ›Wissen Sie nicht genau, ob sie tot ist?‹

A:›Ja, ich glaub schon, ich habe sie ja umgebracht.‹

F: ›Tut Ihnen das leid?‹

A:›Leid? Auf eine Art ja. Sie wissen ja, wie das ist, wenn man verheiratet ist.‹

F: ›Und auf andere Art?‹

A:›Gleichgültig. Mir kommen so Vorstellungen, dann tut es mir leid, jeder Mensch hat Vorstellungen. Ich mußte den Mord ausführen.‹

F: ›Sie haben den Mord ausführen müssen?‹

A:›Ja, das hängt so mit der inneren Unruhe zusammen. Der äußere und der innere Krach. Das sind so Gefühle.‹

F: ›Was meinen Sie damit?‹

A:›Das ist die Beeinflussung.‹

F: ›Werden Sie beeinflußt?‹

A:›Die Gedanken werden aufgewiegelt, das Blut gerät in Wallung. Das ist Magnetismus, Elektrizität oder so was. Das muß von Apparaten kommen.‹

F: ›Wo stehen diese Apparate?‹

A:›Hier irgendwo.‹

F: ›Im Zimmer?‹

A:›In der Nähe.‹

F: ›Wie wirken diese Apparate?‹

A: ›Das geht durch die Wände durch. Es wird sogar beobachtet, was ich mache, auch wenn ich allein im Zimmer bin. Wissen Sie das nicht? Nein?‹

F: ›Wer beobachtet Sie?‹

A: ›Wer, das weiß ich nicht, man hört das.‹

F: ›Wo hört man das?‹

A: ›In der Zelle. Das ist eine Folterkammer, eine Hupelkammer.‹

F: ›Wissen Sie meinen Namen?‹

A: ›Namen interessieren mich nicht. In allen Büchern Lug und Trug. Unschuldig bin ich sowieso. Vollständig unschuldig.‹

F: ›Sie haben doch Ihre Frau ermordet?‹

A: ›Das hängt mit dem Strom zusammen. Das ist die Übertragung. Gedankenübertragung durch eine Macht. Wie soll ich sagen? Vergewaltigung!‹

F: ›Werden Sie mit Strom beschickt?‹

A: ›Das ist doch so, das spüre ich so.‹

F: ›Wer macht das?‹

A: ›Das weiß ich nicht. Das muß staatlich gelenkt sein. Das ist zwangsmäßig. Es muß jemand sein, der die Sache in die Hand nimmt. Das ist eine Übertragung.‹

F: ›Merken Sie diese Übertragungen schon lange?‹

A: ›Das liegt schon lange zurück, aber nicht so stark. Planmäßig herbeigeführt anscheinend.‹

F: ›Hat sich das in letzter Zeit gebessert?‹

A: ›Keine Besserung, kein Schlafen, kann mich erinnern. Mag aber davon nichts mehr wissen. Ich erzähle nichts mehr.‹

F: ›Wo steht der Apparat?‹

A: ›Bis in den Ort rieche ich nicht.‹

F: ›Was halten Sie von der Lehre der Zeugen Jehovas?‹

A: ›Reingefallen bin ich auf die Lehre. Ich habe die Sache geprüft wie auf einer Waage. Wenn ein Mensch kaputt gemacht werden soll, stellt man diesen Apparat ein. Im Kopf dreht sich dann alles herum. Das ist eine Vergewaltigung der Nerven. Der Apparat kann nach allen Himmelsrichtungen eingestellt werden.‹

F: ›Hören Sie Stimmen?‹

A: ›Geräusche, wenn der Apparat geht. Durch die Wände durch.‹

F: ›Haben Sie Kinder?‹

A: ›Zwei, beide 15 Jahre.‹

F: ›Beide 15 Jahre? Wie ist das möglich?‹

A: ›Wie? Ganz einfach, mit einem Wort Zwillinge.‹

F: ›Haben Sie Ihre Kinder gern?‹

A: ›Freilich.‹

F: ›Warum wollten Sie Ihre Kinder umbringen?‹

A: ›Wollt ich nicht. Meine Frau hab ich auch nicht gewollt.‹

Exploration 21.11.1949

F. liegt im Bett, das Gesicht mit einem Handtuch bedeckt, nimmt von dem Eintretenden keine Notiz. Reagiert auf Anreden nur mit einem brummigen ›Ja‹, ohne das Handtuch vom Gesicht zu nehmen. Das Handtuch wird ihm abgenommen. Redet spontan ohne Referenten anzublicken:

A: ›Ach Sie sind es, Herr Kruse.‹ (ist im weiteren Gespräch abweisend, gibt auf Drängen jedoch kurze Antworten)

F: ›Haben Sie nicht Ihre Frau ermordet?‹

A:›Ich soll sie ermordet haben.‹

F: ›Soll oder haben Sie sie ermordet?‹

A:›Ich habe sie wohl auch umgebracht.‹ (danach spontan) ›Hauen Sie ab! Ich will davon nichts mehr wissen. Stellen Sie den Apparat so ein, daß ich nichts mehr sehe und höre.‹

F: ›Welchen Apparat?‹

A:›Ich hab's Ihnen doch schon gesagt, den elektrischen. Ich mag die Fragerei nicht! Diese Aushorcherei! Sie wollen bloß meine Worte kosten!‹

F: ›Ihre Worte kosten?‹

A:›Ja! Meine Worte sind meine Gedanken. Die wollen Sie kosten und verschleudern.‹

F: ›Sind Ihre Gedanken so kostbar?‹

A:›Ich antworte nicht mehr! Es hören ja noch andere zu. Die da draußen. Vielleicht hört auch die ganze Welt zu, durch die Apparate.‹

F: ›Ist denn ein Mikrofon im Zimmer?‹

A:›Hier steht doch der Schrank!‹ (weist auf das Nachttischschränkchen neben dem Bett)

F: ›Ihre Töchter wollen Sie besuchen.‹

A:›Ich will niemanden mehr sehen.‹

F: ›Sie wollen sich mit mir nicht weiter unterhalten?‹

A:›Nein, hauen Sie ab, ich will meine Ruhe haben!‹

Exploration 23.11.49

F: ›Warum haben Sie den Nachttisch umgeworfen?‹

A: ›Ich habe den Befehl dazu bekommen.‹

F: ›Von wem?‹

A: ›Aus der Luft.‹

F: ›Haben Sie den Befehl nur gehört oder auch den Befehlenden gesehen?‹

A: ›Die Stimme erkannt.‹

F: ›Wer hat Ihnen den Befehl gegeben?‹

A: ›Ich habe die Stimmen nicht ganz erkannt, vielleicht vom Jahrmarkt her. Hier muß irgendwo ein Jahrmarkt sein.‹

F: ›Halten Sie sich für intelligent oder doof?‹

A: ›Ich halte mich für doof.‹

F: ›Ich habe nicht den Eindruck.‹

A: ›Wenn Sie das sagen. Intelligent oder nicht intelligent, sind alles nur Worte. Von intelligent kann ich ganz woanders hin gelangen. Wenn ich in den Zug einsteige, muß ich die Treppen hochgehen. Jetzt will ich nichts mehr hören!‹

F: ›Was hat das mit dem Jahrmarkt zu tun?‹

A: ›Ein Gewimmel, wo viel Menschen. Das sind so Vorstellungssachen. Wollen Sie ein Bild, dann gehen Sie nach Hause und holen sich eines. Das sind meine Vorstellungen.‹

F: ›Weshalb haben Sie die Marmelade ins Zimmer geschüttet?‹

A: ›Das ist ja Studiensache, das gehört doch gar nicht hierher. Meine ganze Lage ist, ich will hier raus.‹

F: ›Gibt es einen Weg hier herauszukommen?‹

A: ›Ich weiß nicht, die Wege sind doch alle frei, warum schließt ihr die Bude zu?‹

F: ›Weil Sie in Untersuchungshaft sind.‹

A: ›Das weiß ich, haben wir gestern schon besprochen. Das ist wieder dasselbe.‹

F: ›Ich habe vor, Ihre zwei Töchter zu Besuch hierher zu bringen.‹

A: ›Es wird keinen Zweck haben.‹

F: ›Warum nicht?‹

A: ›Weil … die können mir ja nicht helfen.‹

F: ›Was für Hilfe erwarten Sie?‹

A: (in erregtem Ton) ›Raus!‹

F: ›Wohin?‹ (Fugmann lächelt ironisch) ›Sehen Sie dieses Menschengewimmel oder hören Sie das nur?‹

A: ›Hören, das macht vielleicht die gute Behandlung, oder ist der Strom nur auf mich gerichtet? Na, was ist das, was mich dauernd quält?‹ (Referent wiederholt diese Antwort, darauf wird Fugmann erregt.) ›Sie quälen mich mit Ihren dämlichen Fragen. Sie wollen kostspielige Sachen, meine Gedanken kosten Sie aus.‹

F: ›Was sind das für kostspielige Gedanken?‹

A: ›Raus! Ich will nichts mehr hören. Gehen Sie ins Geschäft und kaufen Sie sich so ein Christbaumzeug. Dann haben Sie eine Antwort, da bin ich mit inbegriffen.‹

F: ›Wollen Sie noch was wissen?‹

A: ›Wenn ich nicht hier gewesen wäre, dann wäre die Marmelade nicht verdreckt. Ich will meine Freiheit, die mir gehört. Die steht mir zu. Sie wollen hier nur Aufnahmen machen, wie ähnliche schon da waren. Geändert ist an der Sache nichts, solange Sie mich hier aufgenommen haben.‹

F: ›Was für eine Aufnahme mache ich denn?‹

A: ›Irgendwie eine Aufnahme. Ich verstehe das schon. Schallplattenaufnahme. Wissen Sie, Sie denken, daß ich ein blöder Hund bin.‹

Exploration 28.11.1949

F: ›Was haben Sie gepredigt?‹

A: ›Ich sage, ich höre jetzt auf! Aus! Wo kommen Sie denn her, von der Diktaturgesellschaft?‹ (Referent faßt seinen Arm.) ›Fassen Sie mich nicht so an, das beweist das schon wieder. Ich weiß, wo Sie herkommen. Von der Diktaturgesellschaft! Jede Bewegung durchschaue ich, alles. Ich weiß schon, wo ihr hinwollt, besonders Sie. Wollen Sie mir die Zeit vertreiben?‹

F: ›Sind Sie verrückt gewesen oder nicht?‹

A: ›Verrückt? Es wird schon stimmen! Holt ihr aus eurer Kiste euer Zeug raus und das genügt. Gedanken von mir auskosten, der Fall mit meiner Frau ist klar. Ich habe sie gar nicht ermordet. Meine Mitmenschen.‹

F: ›Hat Ihre Frau nicht die Treue gehalten?‹

A: ›Ich sage, das stimmt. Damit ich meine Ruhe habe.‹

F: ›Dann kriegen Sie den Kopf abgehackt!‹ (hört die Bemerkung ohne sichtliche Gemütsbewegung)

A: ›Also hören wir auf mit dem ganzen Quatsch. Der Teufel ist los und weiter gar nichts. Warum habt ihr die Zellen gebaut? Um die Menschen auszuprobieren! Die Gesinnung, Stichproben, Partei. Das ist doch alles Schwindel. SED bekannt.‹

F: ›Wie stehen Sie zur SED?‹

A:›Das ist richtig die Gesinnung. KP auch, NSDAP auch.‹
F: ›Und die Zeugen Jehovas?‹
A:›Das ist eine Falle.‹«

In Dr. Kruses Gutachten heißt es: »Der Form der Erscheinungen nach kann es sich nur um Spaltungsirresein (Schizophrenie) handeln, dessen Wesen die Spaltung der Persönlichkeit, der Persönlichkeitszerfall, ist, bei dem das psychische Geschehen und damit sein Ausdruck, das Handeln, nicht mehr vom Willen geleitet oder auch nur beeinflußt werden kann. Die Voraussetzungen des § 51 Abs.1 StGB sind daher gegeben. Ein indirekter Zusammenhang zwischen der Beeinflussung des Fugmann durch die Lehre der Zeugen Jehovas und seinem Krankheitsbild im Sinne pathoplastischer Wirkungen muß angenommen werden.«

Dr. Kruses Schlussfolgerungen widersprachen den Erwartungen von Polizeioberkommissar Schubert und seinen Genossen. Eine Schuld schrieb Dr. Kruse den Zeugen Jehovas an dieser Gewalttat nicht zu. Damit eignete sich der Mord von Karl Fugmann an seiner Gattin nicht mehr für Propagandazwecke.

Doch blieb die Glaubensgemeinschaft weiter im Visier des Staates. »Das staatlich verordnete Verbot der Zeugen Jehovas vom 31. August 1950 legte die Basis zur Kriminalisierung der Glaubensgemeinschaft und bot eine Handhabe für die intensiv einsetzenden Verfolgungsmaßnahmen. Es wurde umgehend eine Verleumdungskampagne durch die gleichgeschalteten Medien der DDR in Gang gesetzt, um das Verbot zu rechtfertigen. Die Schauprozesse vom Oktober 1950 belegen, dass die Zeugen Jehovas zu den ersten Opfern der kommunistischen Terrorjustiz gehörten. Bis zum Jahre 1961 wurden mehr als 3.000 Zeugen Jehovas in der DDR verhaftet, ca. 2.200 wurden zu Zuchthausstrafen verurteilt. Bis zum Ende der DDR waren insgesamt etwa 5.000 Gläubige, nach 1961 hauptsächlich wegen Wehrdienstverweigerung, inhaftiert worden. Aufgrund ihrer Religionszugehörigkeit mussten Jehovas Zeugen schulische und berufliche Nachteile in Kauf nehmen. Zur Erweiterten Oberstufe (EOS) wurden sie nicht zugelassen und hatten keine Möglichkeit, an einer Hochschule zu studieren.«

Die Große Strafkammer des Landgerichts Bautzen musste eine Entscheidung im Mordfall Alma Fugmann fällen. Man schrieb am 20. März 1950: »In der Strafsache gegen den am 25.12.1911 in Schmölln geborenen Steinbrucharbeiter Karl Fugmann, seit 24.5.1949 in der Untersuchungshaftanstalt Bautzen, wird beantragt, das Sicherungsverfahren durchzuführen und gemäß § 42b StGB auf Unterbringung in einer Heil- und Pflegeanstalt zu erkennen, weil es für die öffentliche Sicherheit erforderlich ist.

Fugmann ist beschuldigt, am 24.5.1949 in seiner Wohnung in Belmsdorf seine Ehefrau auf grausame Weise getötet zu haben, indem er mit einem Küchenmesser und einem Büchsenöffner ihr viele schwere Schnittverletzungen beibrachte und den Hals durchschnitt – Vergehen nach § 211 SGB.

Wesentliches Ermittlungsergebnis: Der Beschuldigte war ein Anhänger der Lehre ›Jehovas Zeugen‹ und es deutet alles darauf hin, daß er in einem religiösen Wahn gehandelt hat. Er wurde in Berlin auf seinen Gesundheitszustand untersucht. Das psychiatrische Gutachten bringt zum Ausdruck, daß der Beschuldigte für seine Tat nicht verantwortlich gemacht werden kann, da die Voraussetzungen des § 51 Abs. I StGB in vollem Umfange gegeben sind. Auf die Ausführungen im Gutachten auf Blatt 72–103 der Akte wird verwiesen. Der Zustand des Beschuldigten bedeutet aber eine Gefährdung der öffentlichen Sicherheit und erfordert daher die sofortige Überbringung in eine Anstalt. Das ließ bereits sein Verhalten nach der Tat erkennen. Auch sein jetziges Verhalten läßt ein längeres Verbleiben in der U.-Haftanstalt untragbar erscheinen.

Es wird deshalb beantragt, vor der Großen Strafkammer des Landgerichts in Bautzen das Sicherungsverfahren gemäß § 429a ff. StPO durchzuführen und Termin zur Hauptverhandlung anzuberaumen.«

Noch sei das Papier auf dem behördlichen Wege, teilte am 22. März 1950 die Generalstaatsanwaltschaft aus Dresden mit: »Betr. Az 1 Js 404/49. In obiger Angelegenheit wird um Mitteilung gebeten, ob Fugmann inzwischen in einer Heilanstalt untergebracht worden ist, ebenso wollen Sie bekanntgeben, ob das Strafverfahren gegen Fugmann zufolge § 51 Abs. 1 StGB zur Einstellung gekommen ist.«

Die Bautzner Antwort erfolgte am 30. März 1950: »In

obiger Sache wird mitgeteilt, daß unter dem 23.3.1950 eine Abschrift des Sicherungsverfahrens gegen Fugmann übersandt wurde, welche an das Landgericht in Bautzen gerichtet ist. Fugmann wurde am 23.3.1950 in die Landesanstalt Großschweidnitz eingeliefert.«

Am 11. Mai 1950 schrieb man an die Generalstaatsanwaltschaft in Dresden: »In obiger Sache findet am Donnerstag, den 1. Juni 1950, vorm. 9.30 Uhr vor der Großen Strafkammer des Landgerichts Bautzen in der Landesanstalt in Großschweidnitz/Sa. die Hauptverhandlung statt.«

Doch musste man von dort nach dem Ausgang des Prozesses fragen. Der Brief des sächsischen Generalstaatsanwalts datiert vom 15. Juni 1950: »In vorgenannter Strafsache wird um baldige Sachstandsmitteilung ersucht.« Handschriftlich fügte der Sachbearbeiter hinzu: »Wie ist der Termin am 1.6.50 ausgefallen?«

Ein Schreiben vom 19. Juni 1950: »Gegen den Beschuldigten Fugmann wurde vor der Großen Strafkammer Bautzen das Sicherungsverfahren gemäß § 429a StPO durchgeführt. In der Hauptverhandlung, die am 1.6.1950 in der Landesanstalt Großschweidnitz stattfand, wurde durch Urteil die dauernde Unterbringung in einer Heil- und Pflegeanstalt gemäß § 42b StGB angeordnet.«

In der Urteilsbegründung hieß es: »Der Beschuldigte F. hatte am 24.5.49 in seiner Wohnung in Belmsdorf seine Ehefrau auf grausame Weise getötet, indem er ihr mit einem Küchenmesser und einem Büchsenöffner viele schwere Stichverletzungen beibrachte und den

Hals durchschnitt, und es deutete alles daraufhin, daß die Tat in religiösem Wahn begangen worden war. In der Wohnung wurde eine Druckschrift der Zeugen Jehovas, genannt ›Der Wachtturm‹, gefunden, in der alle die Stellen mit Grünstift angestrichen waren, die von ›Blut‹, ›Opfer‹ und ›Tod‹ sprachen. Der Hausbewohner Glemnitz, der nach der Tat als Erster dem Fugmann gegenüber trat, hatte sofort den Eindruck, daß dieser geistesgestört sei. Er fand ihn mit Blut besudelt und unverständliche Reden führend vor. Fugmann drückte seine Befriedigung aus über das Opfer, das nun gebracht worden sei, über das ›Wunder‹, das ›vollbracht‹ sei, daß nun das ›goldene Zeitalter‹ anginge usw.

Fugmann wurde von dem Direktor der Universitätsnervenklinik Berlin auf seinen Geisteszustand untersucht. Das psychiatrische Gutachten bringt zum Ausdruck, daß F. für seine Tat nicht verantwortlich gemacht werden kann, da die Voraussetzungen des § 51 Abs. 2 StGB in vollem Umfange gegeben sind. Das Gutachten spricht von den typischen Merkmalen des Persönlichkeitszerfalls, der Schizophrenie. Es bringt die Lehre Jehovas nicht in ursächlichen Zusammenhang mit der Erkrankung, weil nach wissenschaftlicher Ansicht eine erbliche Veranlagung hierfür gegeben sein müsse. Immerhin bejaht das Gutachten, daß die religiösen Erlebnisse, wie sie im ›Wachtturm‹ Ausdruck finden, formend auf das Krankheitsbild eingewirkt haben als ein Ereignis, das starke Gemütsbewegungen hervorgerufen hat, denen F. nicht gewachsen war. Darauf deuten die Vorgänge um den Mord, der von Gedankengängen begleitet ist, die nur aus dem Einfluß der Lehre Jehovas stammen können, so daß ein indirekter Zusammenhang gegeben sei.

Fugmann war dann in der Untersuchungshaftanstalt Bautzen untergebracht. Sein Verhalten ließ jedoch das Verbleiben dort untragbar erscheinen, so daß er wieder der Landesanstalt Großschweidnitz zugeführt werden mußte. Bei der Hauptverhandlung am 1.6.1950 verhielt sich F. vollkommen unbeteiligt und gemütsstumpf. Er nahm keinerlei Notiz von seinen beiden Kindern, die als Zeugen erschienen waren. Das Gutachten der behandelnden Ärzte äußerte sich auch dahin, daß bei F. eine Schizophrenie vorliegt, die nicht heilbar ist, sondern sich fortschreitend verschlimmert. Fugmann sei häufig von Halluzinationen bedroht, auf die er mit Abwehrhandlungen reagiere und dadurch zeitweise sehr erregt und unruhig sei und eine drohende Haltung einnehme. Die schon deutlich zutage getretene Gemütsstumpfheit sei die Folge eines ausschließlich in Wahnideen lebenden schizophrenen Kranken. Seine Tat sei die Tat eines Geisteskranken. Die religiösen Begleitumstände seien nur die ›Färbung‹ der Geisteskrankheit. Die Neigung für religiöse Dinge weise eben schon auf eine krankhafte Veranlagung hin. Der Wahn hätte sich später ebenso auf andere Weise äußern können. Der Geisteszustand des F. mit der Tendenz zu fortlaufender Verschlechterung bedeute eine Gefährdung der öffentlichen Sicherheit und erfordere deshalb auch im Interesse des Kranken die Unterbringung in einer Heil- und Pflegeanstalt. Demgemäß lautete auch das Urteil der

Großen Strafkammer auf dauernde Unterbringung in einer solchen Anstalt.«

Dort wohnte Karl Fugmann noch im Jahre 1992. Die Rehabilitationskommission stellte bei seiner Verurteilung keine politische Verfolgung und keine aus politischen Gründen unangemessen hohe Strafe fest. Für Fugmann änderte sich zu Lebzeiten nichts.

Und doch fragte am 20. Februar 1995 der Generalbundesanwalt beim Bundesgerichtshof in Karlsruhe »im Rahmen einer Überprüfung des Datenbestandes des Bundeszentralregisters auf Vollständigkeit« den Fall Karl Fugmann betreffend beim Landgericht in Bautzen nochmals nach und »bittet um Übersendung einer beglaubigten Abschrift oder Fotokopie der dortigen rechtskräftigen Entscheidung im Rehabilitationsverfahren – mit Gründen«. Die Antwort war kurz: »Karl Fugmann ist hier nicht registriert.« Der Täter war verstorben und in aller Stille beigesetzt worden.

> Der Teufel hätte nichts lieber, als dass wir aufhören würden, über unseren Glauben zu sprechen und die gute Botschaft zu predigen (Offb. 12:17). Also versucht er, uns mit Dingen beschäftigt zu halten, die uns Zeit stehlen oder zu Streitigkeiten unter uns führen. Paulus nennt einige seiner Taktiken. »Unbeschäftigt« sein; »in den Häusern umherlaufen«. Mit der Technik von heute kann es uns leicht passieren, dass wir unsere Zeit und die anderer beispielsweise damit vergeuden, E-Mails mit unwichtigen oder sogar unzutreffenden Inhalten weiterzuleiten. »Schwätzer«. Abfälliges Gerede kann in Verleumdung ausarten. Das führt oft zu Streit (Spr. 26:20). Wer andere bösartig verleumdet, ahmt damit

Satan, den Teufel, nach – auch wenn ihm das vielleicht nicht klar ist. »Solche, die sich in die Angelegenheiten anderer Leute einmischen«. Wir haben kein Recht, anderen in Privatsachen Vorschriften zu machen.

Der Wachtturm

Das Schokoladenherz

Die Wahnsinnstat eines jungen Mannes, Gaußig 1938

Wenn die Schützenfahnen wehen, geht es uns noch mal so gut,
weiße Hose, schwarze Jacke und ein grüner Schützenhut,
spielt dann die Musik herrliche Lieder,
lacht dann die Sonne,
geht es uns ja gut.

Wenn der Frühling wieder kehret und der Vogel baut ein Nest,
freut man sich in den Vereinen auf das kommende Schützenfest.
Dann wehen Fahnen, die Straßen sind geschmückt,
im ganzen Dorf hört man Blasmusik.

Reges Treiben auf dem Festplatz, altes Brauchtum wird gepflegt,
Glaube, Sitte, Heimat, sowie es auf unseren Fahnen steht.
Es wird gefeiert bis in den Morgen,
die schönen Stunden fliegen dahin.

In der einen Hand ein Bierglas, in der anderen die Wurst,
und so feiert man mit Freunden, wie es auch so seien muß.
So war es immer, so wird es auch bleiben,
Zeiten, sie kommen, Zeiten vergehn.

Oberlausitzer Berglandschaftsidylle. »Südwestlich von Bautzen an der Staatsstraße 120 liegt der Ort Gaußig. Die Kirche in der Mitte des Ortes mit dem dazugehörigen Kirchplatz mit Kriegerdenkmal verleiht dem Ortszentrum sein charakteristisches Aussehen. Gaußig ist eine Gutssiedlung, die ein Schloss mit einem 28 Hektar großen Park besitzt, welcher einen umfangreichen Pflanzenbestand aufweist. In der Oberlausitzer Grenzbestimmungsurkunde von 1241 erscheinen erstmalig die Umgebung und der Bach bei Gaußig. Die Ersterwähnung des Herrensitzes durch den Ritter Reinhardus de Guzich findet man 1245. Zu den schönsten Einrichtungen zählen das Schloss aus dem 18. Jahrhundert im palladianischen Klassizismus, der Schlosspark mit seinen zahlreichen schönen und seltenen Rhododendren und Azaleenbüschen, die Kirche mit spätgotischem Flügelaltar von 1480 und die Kapelle aus dem Jahre 1895. Die Schule wurde 1900 erbaut, die Sport- und Vereinshalle 1993. In Letzterer findet jährlich das Dorffest im Juni statt.«

Diehmen liegt nur zwei Kilometer entfernt und »wird eingebettet vom Großen Picho (499 m) mit seinen Nebenhöhen und dem Tschelentsy (367 m), welcher nach Nordosten mit der Weißnaußlitzer Schwelle gegen raue Winde wirksam abschirmt. Erstmals wurde Diehmen 1223 als ›Dymin‹ in der Oberlausitzer Grenzurkunde genannt, es gehörte zum königlich-böhmischen Burgwart Seitschen, an seine Flure grenzten im Osten und Westen die bischöflich-meißnischen Burgwarte Doberschau und Göda. Westlich dieser Grenze wurden deutsche Wohnplätze angelegt, aus denen das heutige Mitteldorf, wie auch das Oberdorf entstanden. Das sorbische Unterdorf erweitert sich in Richtung Niederdorf und Siedlung (1929). Zu den ältesten erhaltenen Gebäuden zählen das ehemalige Rittergut an der Gaußiger

Straße, das ehemalige Mühlengebäude im Mitteldorf 4, die Diehmener Mühle und Kleebusch 9. Diehmen liegt an der Staatsstraße 119 Bautzen-Neukirch und an der Staatsstraße 118 Gaußig-Wilthen. Wanderwege führen über den Holtschberg nach Naundorf. Von hier hat man einen herrlichen Blick bis nach Hoyerswerda und Boxberg.« 1974 wurde Diehmen Gaußig eingemeindet. Mittlerweile gehören beide Dörfer zur Gemeinde Doberschau-Gaußig. Schön gelegen. Beschaulich. Vom Tourismus unentdeckt.

Schloss (o.) und Dorf (u.) Gaußig

1938. Die Dorfgemeinde Gaußig feierte am zweiten Juni-Wochenende ihr weithin bekanntes Schützenfest. Die Sonne schien. Es herrschte ausgelassene Stimmung. Der Bierkonsum war hoch. Anwesende Bewohner und ihre Gäste hatten beste Laune. Doch meldete sich am Montag eine besorgte Mutter bei der Polizei.

»Am 13.6.38, vormittag wurde auf der hiesigen Dienststelle bekannt, daß seit dem 12.6.38 abends die Schülerin Probst aus Diehmen vermißt werde. Das Kind sei am 12.6.38 nachmittags zum Schützenfest nach Gaußig gegangen und von dort nicht wieder zurückgekehrt. Auf fernmündlichen Anruf teilte Gend.-Posten Gaußig mit, daß das Kind tatsächlich seit dem 12.6.38 vermißt werde.

Krim.-Sekr. Neumann und Krim.-Oberass. Bruns begaben sich daraufhin sofort mit dem Dienstkraftwagen nach Gaußig. Dort wurde zunächst in Erfahrung gebracht, daß von den Schulen Gaußig, Naundorf und Dretschen bereits Waldungen und Felder abgesucht wurden. Diese Nachforschungen blieben ohne Erfolg.

Die von uns angestellten Erörterungen ergaben, daß das vermißte Kind am 12.6.38 in der Zeit von 17.30 bis 17.45 das letzte Mal auf dem Kirchsteige, der von Gaußig in die Waldungen nach Diehmen führt, gesehen worden ist. Dieses bestätigen die 81jährige Eberhardine Wankel und ihre Urenkelin Malva, beide in Dretschen wohnhaft, sowie die Landwirtsehefrau Rostock, wohnhaft in Diehmen. Nach diesen Feststellungen wurde eine neue Suchaktion eingeleitet und nach einem besonderen Plan durchgeführt. An dieser Suche beteiligten sich 18 Gend.-Beamte der Gend.-Abteilung Ebersbach, die beiden ältesten Klassen der Schulen Gaußig, Naundorf und Dretschen mit ihren Lehrern und Lehrerinnen, zwei Forstbeamte der Oberförsterei Gaußig, verschiedene Arbeiter des Rittergutes Gaußig und die erreichbaren SS- und SA-Angehörigen der dortigen Umgebung.«

Schützenfeste haben in Deutschland Tradition. Sie dienten ehedem als Treffen aller Stände der Bevölkerung und deren Unterhaltung. Die Schützenvereine sorgten für den Schutz der Gemeinde. Denn »in den mittelalterlichen Städten mit ihren Stadtmauern waren in der Regel die Bewohner einzelner Stadtbezirke für die Verteidigung bestimmter Mauerabschnitte zuständig. So entstanden seit dem 13. Jahrhundert bürgerliche Schützengesellschaften, deren Mitglieder verpflichtet waren, sich neben der Instandhaltung des Gemäuers auch um die Unterweisung anderer Bürger im Gebrauch der Waffen zu kümmern. Zum Ausgang des 18. Jahrhunderts waren die wichtigen Stadtverteidigungsaufgaben der Schützengilden bis zur Bedeutungslosigkeit herabgesunken. Nach der Napoleonischen Ära stellte sich die Frage nach dem Stellenwert der Schützen durch die erweiterte Mobilisierung bürgerlicher Schichten bei der Landesverteidigung und nach ihrer Funktion bei der Herstellung von innerstädtischer ›Ruhe und Ordnung‹. Mit dem Beginn der ›neuen preußischen Ära‹ 1858 erstarkte die Nationalbewegung. Die in Vereinen organisierten Sänger, Turner und Schützen mobilisierten ihre Kräfte, trafen sich auf nationaler Ebene zu Bundesfesten und erhöhten den Druck auf die Regierungen zur Nationalstaatsbildung. Nach der Reichseinigung 1871 entwickelten sich die Schützenvereine zu einem bestimmenden Faktor der ›sozialen Militarisierung der Gesellschaft‹.

In der Kaiserzeit erlebten die Krieger-, Veteranen- und Landwehrvereine und die stets bedeutsamen Schützengesellschaften eine ungeahnte Blüte. Überall dort, wo diese Vereine in der Öffentlichkeit in Erscheinung traten, bemühten sie sich, entweder ein kleines Abbild von symbolischen Herrschaftsinszenierungen der königlichen bzw. kaiserlichen Familie zu bieten oder den Geist der Armee in der Zivilgesellschaft zu verbreiten. Die traditionsreichen und national-patriotischen bürgerlichen Schützenvereine blieben wie andere vergleichbare Organisationen seit dem Untergang der Monarchie vielfach den Traditionen des Kaiserreiches verhaftet. Daneben gab es Neugründungen mit etwas anderer politischer Grundausrichtung. Einige dieser Vereine orientierten sich an Zielen wie Brauchtumspflege, Heimatliebe und karitativer Fürsorge.

Die Zeit der nationalsozialistischen Herrschaft führte sowohl bei den katholischen als auch bei den protestantischen Vereinen zu einer tiefgreifenden Verunsicherung. Unabhängig davon, wie heftig bzw. gering die Aversionen gegen die Gleichschaltung in den Vorständen ausgeprägt waren, wurde die Aufforderung, Einheitssatzungen zu übernehmen und in den Nationalsozialistischen Reichsbund für Leibesübungen einzutreten, in weiten Kreisen der Vereinsmitglieder als herber Traditionsverlust empfunden.«

Im 14. Jahrhundert entwickelte sich »mit den städtischen Schützenfesten eine Festkultur, die nicht die starren Standesgrenzen wie die höfischen Turniere kannte. Ihren ersten Höhepunkt erlebten diese Feste im 15. und 16. Jahrhundert. Um Ausschreitungen während der Festtage zu vermeiden, wurden sehr früh Schützenordnungen erlassen. Die offiziell im Auftrag der Städte handelnden ›Brüchte-‹ oder ›Bruchmeister‹ hatten deren Einhaltung zu überwachen. Die andere Traditionslinie, aus der sich die Schützenfeste mit den dazugehörigen Vergnügungen ableiten lassen, sind die Jahrmärkte. Diese waren altersher ohne ein kirchliches Fest undenkbar.«

Das Gaußiger Schützenfest fand 1938 am Wochenende nach Pfingsten statt und vor Fronleichnam, dem 16. Juni. Die Bewohner der angrenzenden Dörfer waren zahlreich erschienen. Händler boten Nippes und Süßigkeiten. Man schwatzte über Schicksal, Kinder und die persönlichen Pläne und sicher über die Personen, die Schlagzeilen machten. Erich Udet hatte vor Wochenfrist mit 634,37 Stundenkilometern im Heinkel-Jagdflugzeug einen neuen Geschwindigkeitsrekord aufgestellt. Die großdeutsche Nationalelf war im Pariser WM-Vorrunden-Spiel mit 4:2 der Schweiz unterlegen. Heinrich Himmler hatte die Festnahme aller arbeitsfähigen Männer verfügt, »die nachweisbar in zwei Fällen die ihnen angebotenen Arbeitsplätze ohne berechtigten Grund abgelehnt haben«. Mit *La*

Habanera hatten Zarah Leander und Douglas Sirk, damals noch als Detlef Sierck bekannt, das deutsche Kinopublikum in die Karibik entführt, und Heinz Rühmann hatte *Die Umwege des schönen Karl* von der Ostsee nach Berlin gemacht. Leni Riefenstahls Olympia-Film *Fest der Völker* hatte Adolf Hitler an seinem 49. Geburtstag sehr beeindruckt. Hans Fallada hatte *Der eiserne Gustav* und Ehm Welk *Die Lebensuhr des Gottlieb Grambauer* veröffentlicht. Durch Hamburg zog an diesem Wochenende die Freizeitorganisation »Kraft durch Freude« und versprach preisgünstig Urlaub in Griechenland und Jugoslawien. Man diskutierte vielleicht auch über Politik: die Sudetenkrise oder die angestrebte Zerschlagung der Tschechoslowakei sowie den erfolgten Anschluss Österreichs ans Deutsche Reich. In Gaußig auf dem Festplatz lachte man, schäkerte, quatschte und schoss mit Armbrust und Gewehr auf kleine Ziele. Man aß Bockwurst und trank Bier. Gute Laune und beste Stimmung herrschten, bis Charlotte Probst ihre Tochter vermisste. Marianne war acht Jahre alt und der Mutter einziges Kind.

Am Montag »nach einstündigem Absuchen des schwierigen Waldgeländes wurde die Leiche der Marianne Probst von dem Gend.-Beamten Scheumann in einer dichten Fichtenschonung im Flurstück Nr. 95, in unmittelbarer Nähe des Ortes Gaußig aufgefunden. Die Auffundstelle wurde sofort von allen verfügbaren Gend.-Beamten im großen Kreise umstellt.«

Man verständigte postwendend die Kriminalpolizei

in Bautzen. Staatsanwalt Goretzki schrieb tags darauf das Protokoll: »Auf Anordnung des Herrn Oberstaatsanwaltes begab ich mich gestern, am 13.6.38 zusammen mit der Kriminalpolizei in einem von der Kriminalpolizei gestellten Kraftwagen nach Gaußig, wo in der Nähe Gaußigs ein Kind tot aufgefunden worden war, über das der Augenschein ergab, daß ein Mord (Lustmord) vorliegen könnte. An der Fundstelle des Kindes eingetroffen, bestätigte sich der Verdacht. Über die Tatortbesichtigung und Befund desselben sowie des Kindes geht von der Kriminalpolizei eingehender Bericht ein.«

Marianne Probst lag erschreckend nackt in einer Senke, dürftig bedeckt mit Zweigen, Moos und Dreck. Dass sie vergewaltigt worden war, war anzunehmen. In den Händen des ermordeten Kindes stellte man Haare sicher, die es im Kampf dem Täter ausgerissen haben könnte. Die Leiche überstellte man der Gerichtsmedizin in Dresden. Das Absuchen des Fundorts brachte die Kinderhandtasche, eine Geldbörse, Armband, Halskettchen und einen menschlichen Zahn, der nach Aussehen und Größe von einem Erwachsenen stammen musste, zutage. Möglicherweise hat man Kleinigkeiten übersehen: Der Leichenfundort war eine Fichtenschonung, dicht bepflanzt, der Boden voller Nadeln, Ästchen und Gehölz. Fuß- und andere Spuren, die zum Täter führen könnten, zu finden war aussichtslos. Aber ohne Zweifel: »Bei dem tot aufgefundenen Kinde handelt es sich um die am 22. Februar 1930 in Diehmen geborene Schülerin Frederike Marianne Probst. Die von dem Bürgermeister bei der Aufhebung der Toten aufgenommene Anzeige ist mir von ihm späterhin ausgehändigt worden«, schrieb der Staatsanwalt.

»Das vorläufige Gutachten« der sezierenden Ärzte listete 99 einzelne Details der äußeren und inneren Besichtigung auf und kam zu dem Schluss: »Das Kind Probst hat durch schwere stumpfe Gewalteinwirkungen Weichteilquetschungen, namentlich des Kopfes, und Brüche des Schädels davongetragen. Aus dem Vorhandensein eines Drosselbandes am Hals und umfangreichen Verletzungsspuren im Bereiche des Halses und Kinnes läßt sich schließen, daß das Kind Probst auch gedrosselt und gewürgt worden ist. Weiterhin ergibt der Befund im Bereiche der Bauchdecke und der äußeren Geschlechtsteile, daß die Probst auch hier Gewalteinwirkungen ausgesetzt gewesen ist. Der Tod der Probst ist an den Folgen der Verletzungen eingetreten.«

Die Anwohnerschaft war tief erschüttert. Zumal Fremde auf dem Schützenfest keinem aufgefallen waren. Diese Tatsache schürte Misstrauen und Verdächtigungen. Die Zeitungen meldeten die Schreckenstat in großen Lettern. »Achtjähriges Mädchen ermordet. Tragischer Abschluß des Schützenfestes in Gaußig

os. Gaußig: 14. Juni. Seit Sonntagnachmittag wurde das achtjährige Schulmädchen Marianne Probst aus Diehmen, das mit größeren Mädchen zum Schützenfest gegangen war, vermißt. Am Montagmorgen suchten die Gendarmerie und die Schuljugend von Gaußig die Umgebung des Dorfes ab. Erst eine umfassende

Streife, die am Montagnachmittag von dem Überfallkommando der Bezirksgendarmerie Ebersbach, SA., HJ., und Ortsbewohnern durchgeführt wurde, hatte Erfolg. Man fand die Leiche des Kindes dicht am Südausgang des Dorfes in einem Fichtendickicht auf. Um den Tatort waren die Gegenstände, die das Kind bei sich getragen hatte (Handtasche, Geldtäschchen, Armband, Halskette), verstreut. Der Tod war durch Erdrosseln eingetreten. Der Kopf des Kindes wies außerdem schwere Verletzungen auf. Der noch nicht ermittelte Mörder hat die kleine Probst offenbar am Sonntagabend in den Wald gelockt, der nur fünf Minuten von Gaußig entfernt. Im Getriebe des Schützenfestes blieb der Vorfall unbeachtet. So konnte der Mörder seine entsetzliche Tat unbemerkt durchführen. Der Bevölkerung Gaußigs hat sich eine große Erregung bemächtigt. Mit allen Mitteln wird gegenwärtig nach dem Täter gefahndet. Jeder Hinweis von Volksgenossen, die die Probst beim Schützenfest gesehen haben, ist für die Polizeidienststellen und die Kriminalpolizei wertvoll. Besonders hart trifft die Mutter des Kindes die Tat. Sie hat mit der kleinen Marianne ihr einziges Kind verloren. Ihr Mann weilt gegenwärtig in Strehlen bei Breslau, wo er als Backofenarbeiter Montagearbeiten durchführt. Er mußte fernmündlich von der Tat unterrichtet werden.«

Die Presse war tätig und schrieb Fortsetzungsberichte: »Hierzu erfahren wir noch folgende Einzelheiten: Das ganze Dorf Gaußig nimmt Anteil an dem schweren Schicksalsschlag, der die Mutter des Kindes traf. Ueberall standen am Montag die Ortsbewohner in Gruppen zusammen. Man braucht nur fünf Minuten vom Dorf aus nach Süden zu gehen, um hintern Schützenplatz am Rittergut und dem Kirchteich, zum Forstwärterhaus und schließlich 90 Meter weit zum Tatort zu gelangen. Viele Einwohner hatten sich am Nachmittag, als es bekannt wurde, daß man das vermißte Kind aufgefunden hatte, hier am Forstwärterhaus eingefunden. Gendarmeriebeamte sperrten im weiten Umkreis den Tatort ab. Wir gingen die wenigen Schritte zum Hochwald, der hier durch einen Draht abgesperrt ist. Kurz darauf begann das Fichtendickicht und gleich nach wenigen Metern standen wir im Dickicht am Tatort. Am Morgen hatten die Gendarmerie und die Gaußnitzer Schulkinder die Umgebung ergebnislos abgesucht. Am Nachmittag traf das Ueberfalkommando der Bezirksgendarmerie Ebersbach in zwei Streifenwagen ein. Die Gendarmen, SA., HJ., und Ortseinwohner nahmen nun eine Streife durch die Waldungen vor. Um 15.40 Uhr wurde Marianne tot aufgefunden. Ein Hitlerjunge entdeckte im Dickicht das Geldtäschchen des Kindes. Als ein Gendarmeriebeamter die Umgebung absuchte, fand er die Leiche. Die Mordkommission der Kriminalpolizei und eine Vertretung der Staatsanwaltschaft Bautzen wurden sofort herbeigerufen. Ein Arzt stellte den Tod des Kindes fest. Er ist durch Erdrosseln eingetreten.«

Der Weg zum Tatort

Der Kirchteich unweit vom Tatort

Von der »Bestie in Menschengestalt« wurde schnell gesprochen. Die Bevölkerung der umliegenden Gemeinden Demitz-Thumitz, Göda, Bautzen, bis in die Gauhauptstadt Dresden fragte sich, wer diese grauenvolle Tat begangen hatte. Kinder blieben unter Aufsicht. Aufmerksame Augen überall. Doch tatsächlich Fremde hatte keiner der Gäste auf dem Schützenfest und in Gaußig an jenem Tag gesehen. Solche wären aufgefallen, irgendeiner hätte sich erinnern und die Person beschreiben können. Erschreckend griff bei den hier Heimischen der Gedanke Platz: Der Mörder war einer von ihnen!

»Bei den weiteren Ermittlungen wurde festgestellt, daß sich am 12.6.38 etwa gegen 18 Uhr eine verdächtige männliche Person in der Gastwirtschaft ›Zur Brauerei‹ in Gaußig aufgehalten habe. Drei zunächst unbekannte Personen, die aus Putzkau stammen sollten, wurden dafür als Zeugen benannt. Während dieser Feststellungen erschien in dieser Gaststätte ein Gast, der von den Wirtsleuten als einer von denen bezeichnet wurde, die den Verdächtigen angebl. gesehen hatten. Es handelte sich um den Steinarbeiter Gustav Pätzold, wohnhaft in Demitz-Thumitz. Pätzold bestätigte, daß er eine verdächtige Person zur gen. Zeit in der Gaststätte gesehen habe, die er vom Ansehen her kenne. Es handle sich um einen Steinbrucharbeiter mit Vornamen ›Max‹, der in Rothnaußlitz wohne. In welchem Steinbruch er arbeite, sei ihm jedoch nicht bekannt. Nach den übereinstimmenden Angaben des Pätzold und der Wirtsleute soll der Verdächtige eine helle Hose, eine dunkle Jacke und eine blaue Mütze getragen haben. Aufgefallen sei, daß die helle Hose nicht mehr sauber gewesen sei. Die verdächtige Person soll nach den Angaben der Wirtsleute etwas aufgeregt gewesen und erhitzt gewesen sein. Er habe schnell ein Glas Bier getrunken und dann die Gaststätte wieder verlassen. Pätzold schilderte weiter, daß er den Verdächtigen aufgefordert habe, ein Glas Bier auszugeben, worauf ihm dieser geantwortet habe, er sei vom Fahrrade gefallen und wolle fort.

Die beiden anderen Personen, die mit Pätzold in der Gaststube gewesen sind, als der Verdächtige dort war, bezeichnete Pätzold als die Steinarbeiter Abold und einen gewissen ›Hans‹, der einen polnischen Familiennamen habe. Beide sollen in Demitz-Thumitz wohnen.

Kurze Zeit später machte der Pätzold die Mitteilung, daß er den Verdächtigen soeben auf dem Schützenplatz in Gaußig, wo noch das Schützenfest war, gesehen habe. Nach längerem Suchen gelang es, den Verdächtigen auf dem Schützenplatze von Pätzold und dessen Freund zu stellen.

Es handelte sich um den Steinarbeiter Kontzok, Max.

Kontzok wurde zum Bürgermeisteramt Gaußig gebracht. Auf Befragen gab er an, daß er am 12.6.38 etwa gegen 18.30 Uhr mit seinem Fahrrade von zu Hause weg nach Gaußig zum Schützenfest gefahren war, dort in einem Zelt ein Glas Bier getrunken und sich dann mit dem Fahrrade nach Göda zu seinem Mädchen, der Wirtschaftsgehilfin Emma Höschel, wohnhaft in Göda bei dem Bauer Höhn, begeben zu haben. Dort sei er gegen 8 Uhr N. eingetroffen. An diesem Abend sei er bestimmt nicht in der Gaststätte ›Zur Brauerei‹ in Gaußig gewesen. Er habe auch keine helle Hose und blaue Mütze getragen, sondern sei mit einem dunklen Anzuge bekleidet gewesen. Eine Kopfbedeckung habe er nicht gehabt.

Bei der Gegenüberstellung mit Pätzold erklärte dieser in bestimmter Weise, daß Kontzok die Person sei, die am 12.6.38, gegen 18 Uhr in der Gaststätte ›Zur Brauerei‹ war. Die Wirtsleute erklärten bei der Gegenüberstellung, daß sie keine bestimmten Angaben machen könnten. Es sei wohl möglich, daß es sich bei Kontzok um die verdächtige Person handle, mit Bestimmtheit könnten sie das jedoch nicht sagen.

Zwecks weiterer Klärung wurde der Gend.-Posten Demitz-Thumitz beauftragt, die von Pätzold bezeichneten Steinarbeiter zu ermitteln und nach seiner Dienststelle zu bestellen. Wir begaben uns mit dem Dienstkraftwagen nach Demitz-Thumitz.«

Die Ermittlungen hatten sehr schnellen Erfolg und ergaben, »daß der am 11.1.1911 in Rothnaußlitz geborene und daselbst wohnhafte Max Kontzok als Mörder der Marianne Probst in Betracht zu ziehen ist.

Mit Hilfe einiger Einwohner, insbesondere zweier Besucher des gestern noch währenden Schützenfestes in Gaußig, gelang es in später Abendstunde, Kontzok auf dem Schützenplatz in Gaußig festzunehmen. Kontzok legte nach langem Leugnen schließlich im Dienstraum des Gendarmeriepostens zu Demitz-Thumitz, wohin er zwecks Gegenüberstellung mit Zeugen noch verbracht worden war, ein Geständnis ab. Er ist im Anschluß daran sofort mit nach Bautzen genommen worden, wo er von der Kriminalpolizei zunächst im Städt. Arresthaus untergebracht wurde (Ankunftszeit in Bautzen 3.30 Uhr morgens), um im Laufe des Tages von der Kriminalpolizei hierher (in die Haftanstalt) überführt zu werden.«

Die Presse berichtete vom schnellen polizeilichen Fahndungserfolg: »Bautzen, 14. Juni – Der Mörder ist gefaßt. Noch in der Nacht gelang es der Mordkommission der Kriminalabteilung Bautzen und der Gendarmerie durch Zeugenaussagen den Mörder zu ermitteln und festzunehmen. Es ist der 27jährige Max Kontzok aus Rothnaußlitz, der in der Nacht zum Dienstag ein umfassendes Geständnis abgelegt hat. Er wurde der Staatsanwaltschaft Bautzen zugeführt.«

Gerichtsort: Bautzen

Die *Alte Brauerei*, wo der Täter Bier bestellte

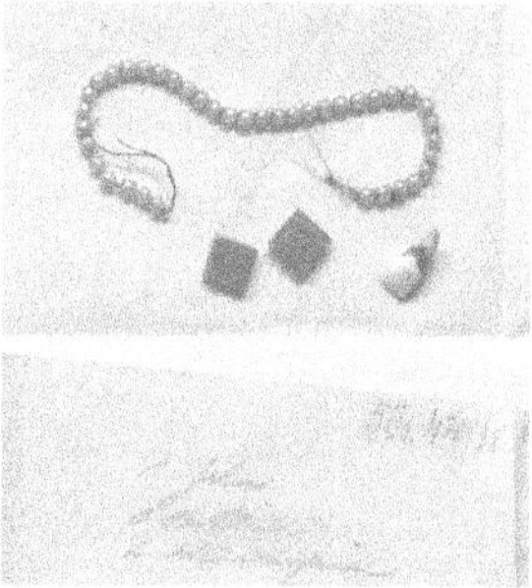

Asservate:
»1 Zahn, 1 Halskette,
2 Ohrsteckersteine«

Zuständiges Polizeirevier Bautzen (heute)

Manche überraschte die Täterschaft des jungen Kontzok nicht. Manche hatten's immer schon gewusst: »Kontzok soll angeblich im Jahre 1930 oder 1931 wegen Brandstiftung verfolgt worden sein, auf Grund des § 51 StGB wurde er aber freigesprochen.« Max war also ein Brandstifter, ein Tunichtgut, einer, den der Irrenparagraph schon freigesprochen hatte. Gerüchte und Fakten um Max, seine Mutter und Familie schießen immer wilder ins Kraut.

Max war der Lehmann, Trude, aus Rothnaußlitz, erstes Kind und stammte aus einer Beziehung ohne Eheschluss. Mittlerweile hatte sie schon lange einen Mann, den Wirt vom Dorf, und mit dem noch mal zwei Kinder. Ein Junge und ein Mädel, auch schon in der Pubertät. Die waren gut beisammen allesamt. Aber mit dem Max hatte es sein Kreuz. Weiß Gott!

Max' Vater, der Richard Weidhas, war im Kriege geblieben. Aber zwei von dessen Brüdern – wahnsinnig! – waren in Irrenhäusern gestorben. Einer gar in der berüchtigten Anstalt auf Sonnenstein in Pirna. Die Vormundschaft hatte man dem Großvater übertragen, der wurde jedoch mit dem Halbstarken gar nicht fertig. Und unter Vormundschaft stand der Max noch immer, allein konnte man den nicht auf die Menschen loslassen. Der Max war nicht richtig im Kopf, das wussten alle. Wen wundert's, dass er zur »Bestie in Menschengestalt« wurde? Man hätte es kommen sehen können, der Max hatte sich schon immer mit den Weibern schwergetan. »Außerdem ist er auf Grund des Beschlusses des Erbgesundheitsgerichts Bautzen vom 25.10.1934 wegen leichten Schwachsinns sterilisiert worden.« Selbst wenn er jetzt mit einer ging, Emma Höschel mit Namen, die schon einen Jungen hatte. Nicht von Kontzok natürlich, wie auch? Aber diese unfassliche Gewalttat an einem Kind! Das mussten die in der Familie doch gemerkt haben, dass der Junge nicht normal war. So etwas bei uns, beim Schützenfest in Gaußig!

Der Verdächtige sagte selbst: »Seit 2 Jahren gehe ich mit der etwa 29 Jahre alten Dienstmagd Emma Höschel in Göda bei Bauer Höhn. Die will ich heiraten, falls ich als unfruchtbar gemachter das darf. Sie hat einen Jungen, an dem ich auch sehr hänge und dem ich meinen Namen geben würde. Der Junge ist 7 Jahre. Ich bin nicht der Vater dazu. Ich bin 1934 unfruchtbar gemacht worden. Ich weiß nicht weswegen. Ob wegen leichten Schwachsinns, weiß ich nicht.«

Mutter Gertrud Lehmann war am Boden zerstört, ihre Welt lag in Trümmern. Die Anfeindungen im Dorf waren kaum erträglich. Auch ihr Ehemann stand am Pranger. Die Polizei ging im Hause ein und aus. Die Verhöre nahmen kein Ende. Stiefbruder Karl Lehmann war 14 Jahre alt und sagte: »Mein Bruder Max war manchmal gut und manchmal böse. Wenn er böse war, das war hin und wieder, wenn er von der Arbeit kam, so schimpfte er immer. Er schimpfte dann auf uns. Ihm war nichts recht. Dabei wurde er rötlich im Gesicht. Mich hat er nicht geschlagen, aber meine Schwester Elisabeth, 12 Jahre alt, die hat er hin und wieder auf den Arm geschlagen. Er sagte dabei gar nichts. Wenn er böse war, und die Elisabeth ging an ihm vorbei, so kriegte sie ein paar. In einem Falle weiß ich, daß die Elisabeth dann weinte. Da ist er fortgegangen. Der Vater und die Mutter haben dann gezankt. Max machte sich nichts daraus. Beim Schlachten hat er nicht zugesehen oder geholfen. Ich weiß auch nicht, daß er selbst Hühner geschlachtet hätte. Zu Hause hat er nicht gearbeitet. Sein Geld hat er alles vertan. Ich war nicht gut mit ihm.«

Der Kontzok Max war manchmal böse. Man hätte es ahnen können, ja, wissen müssen. Die Öffentlichkeitsmeinung brodelte, und sie wurde nicht nur medial geschürt. Aber die Meldung der »grausamen Tat eines Unmenschen« stand in jeder deutschen Zeitung, bis hin zum Börsenblatt war sie zu lesen.

Der Staatsanwalt setzte unter diesem Eindruck »im einzelnen die Erörterungen noch fort« und ließ sich die Akten Max Kontzok aus dem Bezirksfürsorgeverband (Jugendamt) Bautzen-Land zur Einsichtnahme kommen:

»Kontzok hat am 3.5.1927, gegen 19.30 Uhr, der Dienstmagd Hedwig Tacke, 17 Jahre alt, mit einem Taschenmesser 3 Stiche am linken Oberarm und der Brust beigebracht. Er hat die Tat angeblich in einem Wutanfall, nach einem Streit mit dem Mädchen, begangen und gibt an, sich auf nichts Näheres besinnen zu können.

Der Großvater und Vormund, Wilhelm Kontzok, wohnhaft in Rothnaußlitz Nr. 19, hat angegeben, daß die unglückliche Veranlagung seines Enkels ihm von jeher viel Sorgen gemacht habe. Der Junge werde öfter von einem grenzenlosen Wutanfall befallen und kenne sich dann selbst nicht. Er ist deshalb Dr. med. Immisch in Göda vorgestellt worden, der angebl. erbliche Belastung festgestellt und dem Großvater wenig Hoffnung für eine gute Entwicklung gemacht hätte. Die Geisteskrankheiten liegen väterlicherseits in der Familie. Max Kontzok ist der Sohn eines Richard Weidhas, aus Pietschwitz gebürtig, der im Weltkriege fiel. Zwei Brüder des Kindesvaters sind an Geisteskrankheit gestorben (Pflegeheim Bautzen-Seidau, Sonnenstein). Dr. med. Immisch, Göda, bezeichnet den Kontzok als schwach begabt und nimmt mit Bestimmtheit an, daß ein psychischer Defekt vorliegt. Sein Lehrer von der Schule Rothnaußlitz, Schulleiter Wilhelm Schneider, ist überzeugt, daß bei Kontzok Krankheit vorliegt.«

In Kenntnis dieser Faktenlage und den um sich greifenden Gerüchten bat der ermittelnde Staatsanwalt den Leiter der Psychiatrie auf Schloss Pirna-Sonnenstein, Prof. Dr. Hermann Paul Nitsche, um eine Begutachtung des Max Kontzok. Akten vom Onkel des Sexualmordverdächtigen, Wilhelm Weidhas, waren dem Professor ja vielleicht bekannt, denn der hatte an Schizophrenie gelitten und war 1904 auf dem Sonnenstein verstorben.

Das auf einem Felsplateau etwa 70 Meter über der Elbe gelegene Schloss Sonnenstein geht auf eine slawische Ansiedlung und Befestigung zurück, die in der zweiten Hälfte des zehnten Jahrhunderts angelegt wurde und eine wechselvolle Geschichte beherbergte. Als Burg besaß der Sonnenstein einen Bergfried, später wurde die Verteidigungsanlage zum Barockschloss und Verwaltungssitz umgebaut. Im Siebenjährigen Krieg 1756 hatten die Preußen die Anlage belagert, danach wurde sie geschleift und verfiel. Ab 1811 diente Schloss Sonnenstein »als Anstalt für als heilbar angesehene Geisteskranke«. Bis dahin waren diese Patienten in Sachsen mit Strafgefangenen, Waisenkindern und Bettlern in den Zucht-, Waisen- und Armenhäusern zu Waldheim und Torgau untergebracht gewesen. »Die Heilanstalt auf dem Sonnenstein erwarb sich aufgrund ihres reformpsychiatrischen Konzepts in kurzer Zeit einen guten Ruf als Musterinstitut. Die Heilungserfolge der Anstalt galten seinerzeit als äußerst bemerkenswert, so dass die Kapazität der Anstalt in den 1840er Jahren bis auf etwa 240 Plätze anstieg. Bereits 1826 wurde am Fuß des Sonnensteins nahe dem früheren Pirnaer Obertor ein Genesungshaus für zur Entlassung bestimmte Patienten errichtet. Das Haus war die erste ambulante Nachsorgeeinrichtung für psychisch kranke Patienten in Deutschland.« Die steigende Patientenzahl machte Erweiterungsbauten notwendig. Separate Krankenstationen in Villen, ein Frauenhaus und ein Wirtschaftsflügel entstanden. »1928 wurde Prof. Hermann Paul Nitsche zum Direktor der auf über 700 Patienten angewachsenen Heilanstalt Sonnenstein berufen. Nitsche war in Sachsen schon kurz nach der nationalsozialistischen Machtübernahme ein einflussreicher Befürworter und Akteur rassenhygienischer Maßnahmen und beteiligte sich aktiv an der Umsetzung des ›Gesetzes zur Verhütung erbkranken Nachwuchses‹. Den Wert eines Patienten bemaß er immer mehr an seiner ökonomischen Leistungsfähigkeit. Mit seinem Arbeitsantritt begann die systematische Ausgrenzung der chronisch psychisch Kranken. Für nicht Arbeitsfähige entwickelte Nitsche eine fettfreie und nahezu fleischlose Sonderkost, die 1936 auch reichsweit eingeführt wurde. 182 Männer und 115 Frauen, die als erblich belastet galten, ließ Nitsche im Krankenhaus von Pirna sterilisieren. Im Herbst 1939 wurde die Anstalt durch einen Erlass des sächsischen Innenministers geschlossen und als Reservelazarett und Umsiedlerlager eingerichtet.« Zwischen 1940 und 1941 wurde die Heilanstalt jedoch im Rahmen der »Euthanasie-Aktion T4« genutzt, 13.720 meist behinderte Menschen wurden dort getötet. »Es ist doch herrlich, wenn wir in den Anstalten den Ballast loswerden und nun richtige Therapie treiben können«, so Hermann Paul Nitsche. Er wurde im Frühjahr 1945 in Sebnitz verhaftet. Vom 16. Juni bis 7. Juli 1947 stand er neben 18 anderen vor Gericht. »Der Dresdner Euthanasie-Prozess gilt als einer der frühesten Versuche, dem NS-Krankenmord juristisch beizukommen. Er fand unter Oberhoheit der sowjetischen Besatzung statt, Rechtsgrundlage war das Kontrollratsgesetz Nr. 10, das unter anderem die Bestrafung von Verbrechen gegen die Menschlichkeit betraf. Auffallend an diesem Prozess ist, dass er vor einem deutschen Gericht, im gerade entstandenen (wenig später wieder kassierten) Land Sachsen ablief und sich die Akteure rechtsstaatlichen Normen verpflichtet fühlten. Den Angeklagten wurde somit ein fairer Prozess gemacht (wenn auch die Verhängung der Todesstrafe aus heutiger Sicht zu verurteilen wäre).« Nitsche unterstrich auch in der Verhandlung seinen Standpunkt, »wonach die Tötung von unheilbar Kranken wissenschaftlich und auch gesellschaftlich gerechtfertigt sei, und verwahrte sich gegen die Mordanklage. Er wurde am 7. Juli 1947 zum Tode verurteilt. Nach Ablehnung seiner Berufung fiel das Fallbeil am 25. März 1948 in Dresden, und Nitsches Leichnam wurde der Anatomie in Leipzig überantwortet.«

Klinik Pirna-Sonnenstein

Jenem von Staat und Gerichten anerkannten Experten Hermann Paul Nitsche schrieb also jetzt aus Bautzen der ermittelnde Staatsanwalt die Bitte: »Ich führe das Verfahren gegen den Max Kontzok. Die bisher über seine Person in Erfahrung gebrachten Umstände lassen es nicht ausgeschlossen erscheinen, daß möglicherweise eine verminderte Zurechnungsfähigkeit bei Kontzok vorliegt. Er ist z. B. im Jahre 1931 wegen einer Brandstiftung freigesprochen worden, weil ihm damals § 51 StGB zur Seite stand. Außerdem ist er durch Beschluß des Erbgesundheitsgerichts Bautzen, vom 25.10.1934 wegen leichten Schwachsinns sterilisiert worden. Ferner war er im jugendlichen Alter anhängig wegen Körperverletzung, für die er bestraft worden ist.

Nach alledem steht jetzt schon fest, daß es eine psychiatrische Untersuchung und Begutachtung des Beschuldigten nötig macht. Mit Rücksicht darauf, daß es sich um eine besonders schwere Straftat handelt und der Beschuldigte ganz offensichtlich zu Gewalthandlungen neigt, möchte ich nach Möglichkeit eine etwaige Unterbringung zur Beobachtung vermeiden. Ich beabsichtige, Sie mit der Begutachtung des Beschuldigten zu betrauen. Aus diesem Grunde bitte ich Sie, mir schon jetzt mitzuteilen, ob zunächst eine einmalige oder etwa mehrmalige Untersuchung des Beschuldigten im hiesigen Untersuchungsgefängnis genügen kann, Ihnen ein abschließendes Bild zu geben.

Da mir an einem möglichst raschen Abschluß des Verfahrens gelegen ist, sehe ich Ihrer alsbaldigen Stellungnahme entgegen.«

Professor Nitsche gab seiner Überzeugung Ausdruck, dass eine stationäre Beobachtung des Max Kontzok auf dem Sonnenstein nicht notwendig sein würde.

Aus dem Bautzener Gefängnis schrieb der Täter am 25. Juni 1938 an seine Familie (die Rechtschreibung und Form des Originals wurde beizubehalten versucht):

»Meine lieben Eltern!

Will Euch hierdurch einen Brief übersenden, habe Euch meine lieben Eltern und die lieben Geschwister und meine liebe Emmi nun schon sehr lange Zeit nicht mehr gesehen und gesprochen, mir ist sehr bange nach Euch allen und besonders auch nach meiner lieben guten Emmi. Liebe Eltern und Geschwister zürnt mir nicht, daß ich so was getan habe ich will wenn ich sollte nach Hause kommen, Euch liebe Eltern und Euren Mahnungen stets gehorchen. Nie wieder mich von einem anderen verleiten lassen und wohin mitfahren, denn dass bringt nichts ein nur Unannehmlichkeiten habe ich blos. Ich habe schon jetzt die ganze Zeit sehr geweint und mich geärgert, daß ich nicht Euren Anweisungen gefolgt bin ich schon bald nichts mehr Essen und meine Nerven sind dadurch auch sehr in Mitleidenschaft gezogen und mein Herz tut auch sehr weh wenn ich daran denke so was zu tun hatte in Gaußig mit meinen Arbeitskameraden paar Glas Bier getrunken und das hätte ich nicht sollen, denn mir war von 2 Glas Bier so komisch und dann bin ich ein stückchen spaziern gegangen, und wie ich auf solche Gedanken kommen habe können das will mir selbst nicht in den Kopf und ich werde nie wieder einem Menschen was zuleide tun. Sagt bitte meiner lieben guten Emmi, daß sie mich möchte mal besuchen kommen. Meine lieben guten Eltern kommt mich doch bitte mal besuchen und bringt doch bitte 1 Mark Geld mit da ich keinen Pfennig hier habe. War am Mittwoch zur nochmaligen Vernehmung und da habe ich gebeten, dass das Gericht sich doch möchte mit der Firma Sparmann in Verbindung setzen daß ich dort könnte bis zur Verhandlung wieder dort auf meiner Arbeitsstelle arbeiten damit ich dort die Arbeit nicht einbüße. Habe bis jetzt noch keinen Bescheid ob ich wieder bei der Firma Sparmann eingestellt werde wenn nicht wo soll ich dann wieder Lohn und Brot verdienen. Meine lieben Eltern bitte erkundigt Euch bei der Firma, ob jemand in meinem Werkzeugkasten gewesen ist; denn ich habe noch die guten blauen Fausthandschuhe und die Holzpantoffeln und die Schmiege noch darin eingeschlossen den Schlüssel habe ich zuhause.

Wenn es nur der liebe Gott wolle das ich bald entlassen werde und könnte wieder mit Euch meine geliebten Eltern beisammen sein ich will alles sehr gern wieder gutmachen und will mein dann verdientes Geld nicht mehr so verbrauchen wie bisher will jeden Pfennig stets zusammen nehmen und sparsam leben. Liebe Eltern zürnt mir nicht ich habe es schon bitter bereut, das ich so was getan habe und ich will es nicht mehr sowas tun.

Sagt es bitte meiner lieben guten Emmi, das ich auch sie noch nicht vergessen habe und jeden Tag und jede Stunde an Sie denke, und ich will dann, wenn ich aus der Untersuchungshaft entlassen würde und könnte nach Hause zurück will ich alles wieder gutmachen. Bitte liebe Eltern und Geschwister zürnt mir nicht ich will alles wieder gutmachen und sagt es meiner lieben guten Emmi das auch sie nicht solle mir zürnen und böse sein ich will nach meiner Entlassung aus der Untersuchungshaft alles wieder gutmachen und ich verspreche

Euch allen dann nicht mehr auf abwege zu geraten und ich will dann Euren und der Emmi Rat befolgen. Wenn nur der liebe Gott alles wieder zum guten führen wolle und ich will dann in zukunft mehr den Gottesdienst besuchen. Hoffentlich seid Ihr alles noch gesund – das sendet Eurer Sohn Max.

Hoffentlich seit Ihr alle recht gesund und munter, verzeit mir das ich Euch so gekränkt habe und sagt es meiner lieben guten Emmi das auch sie mir bitte verzeihen und vergeben möge das ich sowas getan habe ich will dann mach meiner Entlassung aus der Untersuchungshaft und vom Gericht nicht einen einziges mal mehr wohin gehen ohne meinem Mädel da ich mit meinem Mädchen wohin gehe da habe ich keine unannehmlichkeiten. Hoffentlich ist meine liebe gute Emmi noch recht gesund was ich auch ihr sehr wünsche.

Bitte bitte meine lieben Eltern und Geschwister verzeiht mir daß ich so etwas getan hab und ich will so etwas nicht mehr tun so lange ich lebe und will Euch nimmermehr kränken und auch meinem lieben Mädchen meiner lieben Emmi will ich solchen ärger nie wieder zufügen solange ich lebe und die liebe Emmi möchte mir doch bitte auch alles vergeben und verzeihen.

Ich will nun den Brief beschließen und hoffe auf ein baldiges Wiedersehn.

Kommt mich doch bitte mal besuchen und bringt die liebe Emmi mit! Ich weine jetzt Tag für Tag bald die Augen wund und bereue das ich sowas getan habe und Euch allen solchen Ärger bereitet habe will von nun an nach meiner Entlassung aus der Haft immer ein recht-

schaffenes Leben führen und nie wieder gegen das Gesetz was tun.
Was gegen das
Gesetz verstößt
damit ich nicht mehr
mit dem Gesetz in Anklage komme.
Ich habe es sehr bereut,
das ich gegen dem Gesetz /// vohrschrift gehandelt habe. Ich versprechen hierdurch zeit meines Lebens nie wieder eine Straftat zu begehen.«

Es grüßt Euch
Euer Sohn
Max Kontzok
Untersuchungsgefängnis Bautzen
Lessingstrasse 8
(Eingang Mättigstrasse)

Der Antwortbrief konnte Mutter Trude Lehmann nicht leichtgefallen sein.
»Rothnaußlitz 15.7.38
Lieber Max!
Deinen Brief haben wir erhalten und ich will Dir kurz auf ihn antworten. Mir war es früher nicht möglich nach solchen entsetzlichen Erfahrungen, nichts von nichts ahnend und zu aller Morgenfrühe so eine Nachricht, bin vor allen Erfahrungen zusammengebrochen und noch heute nicht richtig auf die Beine. Vater kann nicht darüber hinwegkommen und Karl weint noch oft bitterlich. Max Du hast eine Kindheit bei Deinem Stief-

vater erlebt wie seine eigenen Kinder, bist in den Dienst gegangen mit guten Mahnungen. Wir haben Dich bei dem Unfall aufgenommen und geflegt. Wenn es einmal mit Stellung nicht so passte wo gingst Du dann hin nach hause. Hast einen guten Lebenswandel von Deinen Eltern gesehen, weißt Du noch wie oft Vater nach seines Vaterstode zur Mutter gefahren ist? Und hat ihren Tod gelitten da sie mit 82 Jahren von uns ging. Das Du mit Vater zerfallen warst das weißt Du ja am besten selber und warum. Max wie oft habe ich Dich erinnert was ich schon alles an Dir getan habe und noch tue, mehr kann ich leider nicht, habe Dich gewaschen, geflickt, beköstigt. Du bist nach hause gekommen, gegessen und dann hattest Du ja immer noch was zu verrichten und da warst Du wieder fort. Ich habe Dich nicht so beobachten können als nun die Leute erzählen wie sie Dich beobachtet haben und gedacht es drückt Dich etwas das habe ich erst jetzt vom Bürgermeister wieder gehört. Max Du hast mit allen Deinen Angelegenheiten können zu mir kommen ich bin Dir immer mit gutem Rat zur Seite gewesen. Warum hast Du mir am Sonntag nicht gesagt, was Dich drückt, bist doch mit guter Laune weggefahren wer hätte da an sowas von Dir gedacht es sagt doch jeder Mensch der Dich kennt sowas ist doch gar nicht möglich. Max ging doch so harmlos herum in was für einen Zustand bist Du denn geraten? Max im Steinbruch war ich nicht an wen soll ich mich da wenden? wegens die sachen. Hast Du noch Lohn zu kriegen und wieviel? Ist irgend etwas noch zu bezahlen und wo? Denke Dir blos, was wir uns gefreut haben das du heiraten wirst wenn ihr schon etwas Möbel fertig habt und was für eine Täuschung. Emma ärgert sich sehr, sie spricht, ich kann jetzt gar nirgends hingehen. Max wir haben alles getan was wir konnten aber nun bitte Du noch Gott das er Dich vor dem aller schlimmsten bewahre, was jeden Tag auch meine Bitte ist. Besuchen kann ich dich nicht kommen, soweit bin ich noch nicht da versagen mir meine Glieder. Max ich lege Dir zwei Briefmarken bei. Bitte Gott das er es gnädig mit Dir macht. Mit guten Mahnungen sind wir Dir immer vorangegangen und haben immer das Beste von Dir gewollt.

Es grüßt Dich deine Mutter«

Der Staatsanwalt stellte die Anklageschrift fertig, in der es hieß:

»1) Allgemeines

Der Beschuldigte Max Richard Kontzok ist am 11. Januar 1911 von der damals als Dienstmagd tätigen Gertrud Marie Kontzok, jetzt verehelichte Lehmann, in Rothnaußlitz außerehelich geboren worden. Er ist Reichsdeutscher und ev.-luth. Glaubensbekenntnisses.

Sein Vater hieß Richard Weidhas. Er war Soldat des 105. Infanterie-Regimentes in Straßburg und wird seit dem Weltkrieg, an dem er als Soldat teilgenommen hat, vermißt. Er ist offenbar gefallen. Von diesem Richard Weidhas selbst ist nichts bekannt. Bekannt aber ist, daß er zwei Brüder hatte. Einer von diesen, Wilhelm Weidhas, litt an Schizophrenie und war deshalb vom 24.3.1897 bis zu seinem am 27.8.1904 erfolgten Tode in

Anstaltsbehandlung und zwar zunächst in der Anstalt Sonnenstein und später in Großschweidnitz.

Der andere Bruder, Paul Weidhas, Bäcker von Beruf, hat, ohne daß sich das mit Sicherheit feststellen ließ, offenbar ebenfalls an Schizophrenie gelitten. Er ist vom 2. Juni 1914 ab mit ca. 30 ½ Jahren im Versorgungshaus der Bezirksanstalten zu Seidau untergebracht worden. Er verblieb da bis zu seinem am 22.3.1919 erfolgten Tod. Von ihm ist bekannt, daß er einmal wegen angeblich begangenen Sittlichkeitsverbrechens in Untersuchungshaft gewesen ist, ohne daß eine Bestrafung deshalb erfolgt wäre. Weiterhin soll er reizbar gewesen sein, weshalb er eine Gefahr für seine Umgebung bildete, was schließlich die Hauptursache seiner Unterbringung mit gewesen ist.

Die Mutter des Beschuldigten ist seit langem mit dem Wirtschaftsbesitzer Gottfried Lehmann in Rothnaußlitz verheiratet. Dieser Ehe sind zwei Kinder entsprossen und zwar ein Sohn, der jetzt das Tischlerhandwerk erlernt, und eine jetzt dreizehnjährige Tochter. Nachteiliges ist von diesen nicht bekannt geworden.

Der Beschuldigte ist bei seiner Mutter aufgewachsen. Er unterstand der Vormundschaft seines Großvaters mütterlicherseits. Im Hause der Mutter verblieb er auch, als diese heiratete.

a) Schulbesuch

Die Schule besuchte der Beschuldigte von Ostern 1917 bis Ostern 1925 in Rothnaußlitz. Er wird von dort als nicht unbegabt und besonders befähigt für naturwissenschaftliche Fächer geschildert. Seine Leistungszensur beim Schulabgang wird mit IIIa angegeben. Seine Betragenszensur dagegen wird mit II beziffert. Dazu ist bemerkt worden, daß er ein minderwertiger, sehr boshafter und jähzorniger Schüler sei.

b) Arbeitsstellen

Nach seiner Schulentlassung gestaltete sich sein Leben sehr wechselvoll, sei es, daß er die Art seiner Tätigkeit, sei es, daß er, und zwar recht häufig, den Arbeitgeber wechselte.

Er begann als landwirtschaftlicher Arbeiter und war zunächst von Ostern 1925 bis November 1925 bei dem Bauern Rudolf Weiß beschäftigt. Sein Weggang von dort beruht auf einem beim Dreschen erlittenen Unfall. Bei diesem soll er, soweit sich das noch feststellen ließ, von einem Berg Stroh abrutschend, zunächst auf die mit Brettern belegte Balkenanlage über der Tenne, und von dort weiter auf die Tenne selbst gefallen sein, wo er bewußtlos liegengeblieben sei. Er wurde damals von Dr. med. Kuhn in Demitz-Thumitz behandelt, der heute nichts mehr über die Folgen des Sturzes selbst anzugeben vermag. Nach Angaben der Mutter des Beschuldigten soll er damals einen Armbruch erlitten, sich eine Niere losgeschlagen und eine Gehirnerschütterung davongetragen haben, ohne daß ihr aber späterhin irgendwelche Folgeerscheinungen aufgefallen wären.

Nachdem sich Kontzok von diesem Unfall erholt hatte, war er vom 15.3.1926 bis zum 31.10.1928 ununterbrochen in der Landwirtschaft tätig, und zwar zunächst auf dem Rittergut Großseitschen, dann bei dem Bauer Traugott Schmidt in Pielitz und schließlich bei dem

Bauer Gustav Hilbenz in Nimschütz. Während er von Schmidt wegen Arbeitsmangel entlassen wurde, gab er die Stelle bei Hilbenz ohne rechten Grund auf, um vom 1.11.1928 bis 1.1.1929 in dem Glashüttenwerk der Firma Greiner in Demitz-Thumitz zu arbeiten. Dort verblieb er aber auch nur zwei Monate und ging am 1.1.1929 wieder zur Landwirtschaft zurück, wo er bis zum 14.3.1930, dabei dreimal die Stelle wechselnd, verblieb. Aus dieser Zeit wird bemerkt, daß er in der Arbeit nicht recht befriedigend und recht leichtsinnig gewesen sei. Die letzte dieser Stellen verlor er durch Kündigung, die damit begründet wurde, daß er völlig unzuverlässig, faul und unbeherrscht sei. Anschließend hieran war er einige Wochen erwerbslos, um dann in häufigen Stellungswechsel und öfteren Unterbrechungen, während der er wiederum arbeitslos war, bis 24.12.1935 wieder als landwirtschaftlicher Gehilfe tätig zu sein. Er hat in dieser Zeit 12mal die Stelle gewechselt und ist, soweit feststellbar war, in einem Falle wegen Diebstahlsverdachtes entlassen worden.

Nachdem er vom 25.12.1935 bis 3.5.1936 wiederum arbeitslos war, wandte er sich von der Landwirtschaft ab, um als Steinbrucharbeiter tätig zu werden.

Zunächst fand er, und zwar vom 4.5.1936 bis 13.3.1937, im Steinbruch Israel und im Anschluß darsan bis zu seiner Verhaftung im Steinbruch der Firma Sparmann & Co. in Demitz-Thumitz Arbeit. Dort war er zuletzt als Pflastersteinpeller tätig.

c) Charakter und Straftaten

Der Anlaß, die Sterilisation anzuregen, erschien dem

Jugendamt wohl darin gegeben, daß Kontzok in geistiger Beziehung an sich schon, vor allem aber durch zwei Straftaten aufgefallen war, in denen seine Zurechnungsfähigkeit besonderen Nachprüfungen unterzogen worden war.

Zunächst fiel von ihm schon in der Schulzeit auf, daß er keine rechten Freunde hatte, daß er seine Kameraden gern zum Possen hielt und sie öfters erschreckte. Auch soll er Tierquälereien begangen haben, ohne daß das genauer hat festgestellt werden können. Wiederholt ist darüber geklagt worden, daß er leicht in Wut gerät und dabei mitunter wahllos mit dem um sich schlage, was ihm gerade zur Hand käme.

Dieser letzte Umstand war es auch, der ihn das erste Mal, und zwar im Alter von 16 Jahren, strafbar werden ließ.

Während er in der Zeit vom 15.3.1927 bis 1.1.1928 bei dem Gutsbesitzer Traugott Schmidt in Pielitz in Arbeit stand, befand sich dort auch eine gewisse Hedwig Tacke in Stellung. Beide vertrugen sich nicht miteinander. Als Kontzok eines Tages von der Fortbildungsschule heimgekommen war und sich noch mit Bekannten auf der Dorfstraße unterhielt, rief ihn die Tacke zum Abendbrot herein. Da er der Aufforderung nicht gleich Folge geleistet hatte, wurde er wegen seines Zuspätkommens von seinem Arbeitgeber gescholten. Darob geriet er in Wut, die sich vor allem gegen die Tacke richtete, in der er die Ursache der erhaltenen Schelte erblickte.

Als er nach dem Essen noch einmal die Küche aufsuchte, um Wasser zu trinken, verwehrte ihm die Tacke den Zutritt, da sie sich gerade die Füße wusch. Zugleich auch warf sie ihm den Waschfleck oder die Bürste nach. Das steigerte die Wut Kontzoks. Als er bald darauf der Tacke auf dem Hofe begegnete, versetzte er ihr mit einem zu diesem Zwecke schon vorher geöffneten Taschenmesser in schneller Folge drei Stiche, und zwar einen in die Brust und zwei in den linken Oberarm.«

Der damalige Gutachter hatte feststellt: »…, daß es sich um einen jugendlichen Psychopathen handle, der wohl fähig sei, das Ungesetzliche seines Tuns einzusehen, nicht aber in vollem Umfang fähig sei, seinen Willen dieser Einsicht gemäß zu bestimmen«. Die Strafe wurde »unter Schutzstellung« auf einen Monat Gefängnis ausgesetzt.

Später hatte Max Kontzok vorsätzlich eine Scheune in Brand gesetzt. »Nachdem er am 1.2.1931 im Gasthof in Stacha gewesen war und dort zwei Glas Bockbier getrunken hatte, von denen er etwas angeheitert gewesen sein will, wurde er beim Verlassen des Gasthofes gelegentlich einer ihn selbst nichts angehenden Schlägerei von einem der daran Beteiligten angerempelt. Das ärgerte ihn bereits. Dieser Ärger wurde noch dadurch verstärkt, daß er ein Mädchen vom Gasthof aus hatte nach Hause begleiten wollen, die aber schon mit einem anderen Burschen weggegangen war. Das versetzte ihn dermaßen in Wut, daß er schließlich ›um dem Burschen und dem Mädchen das Vergnügen zu verderben‹, die betreffende Scheune, an der sein Weg vorüberführte, in Brand steckte. Zu der deshalb von dem Amtsgericht Bischofswerda stattfindenden Hauptverhandlung wurde auf Grund der Kenntnis der Vortat und der beim

Beschuldigten obwaltenden besonderen Umständen wiederum ein Sachverständiger hinzugezogen.« Dieser führte aus, dass er »erblich stark belastet«, zudem ein »leicht erregbarer Psychopath« und sein »Jugendirresein in der Entwicklung begriffen« sei, was ihn schlechte Prognosen stellen ließ.

»Über die Lebensführung des Beschuldigten wurde bereits erwähnt, daß er zuweilen nicht zufriedenstellend beurteilt wurde. Während einige seiner Arbeitgeber mit ihm zwar zufrieden waren, bezeichnen ihn die meisten als frech, ungehorsam, ungeschickt, faul und schmutzig. Es wird auch über seinen Leichtsinn in bezug auf Geld und sein vieles Zigarettenrauchen geklagt. Auch seine Mutter klagt über ihn, wie es sich aus einem an ihn in die jetzige Untersuchungshaft gerichteten Briefe ergibt. Sie läßt darin erkennen, daß er, alles Gute von zu Hause hinnehmend, jeden guten Rat mißachtend, sein gewohntes unstetes Eigenleben fortgelebt habe.«

Sein letzter Arbeitgeber schilderte Max Kontzok als Durchschnittsarbeiter, »der weder fleißig noch pünktlich und äußerst gleichgültig war«. Laut Feststellungen war sein »Alkoholkonsum nicht übermäßig – 4 Bier 4 Stunden«.

»g) Geschlechtsleben

Ohne jemals onaniert zu haben, will er mit etwa 17 Jahren den ersten regelrechten Geschlechtsverkehr mit einem Mädchen gehabt haben. Von da ab sei das mit einer gewissen Regelmäßigkeit der Fall gewesen und zwar mit verschiedenen Mädchen, die er jeweils auf Tanzböden kennenlernte.

Das erste feste Verhältnis hat im Herbst 1933 begonnen. Es handelte sich dabei um eine gewisse Irma Brettschneider, die in Bretnig in Stellung war. Im Durchschnitt trafen sie sich einmal wöchentlich (sonntags), wobei es meistens auch zum Geschlechtsverkehr kam. Dieser fand in der Regel ein- bis zweimal statt. Anfang 1935 wurde dieses Verhältnis gelöst. Dann knüpfte er ein solches mit der Alma Courth aus Cunewalde an. Dieses dauerte etwa ¾ Jahr, ohne daß es zum Geschlechtsverkehr zwischen beiden gekommen sein soll, weil das Mädchen dieses stets abgelehnt habe. In dieser Zeit will der Beschuldigte auch kein rechtes Bedürfnis danach gehabt haben, weil er damals angeblich Beschwerden mit seinen Sterilisationsnarben hatte.«

Postkarte aus Cunewalde, Heimatort von Alma Courth

»Seit etwa Mitte 1936 unterhält er mit der 31 Jahre alten Wirtschaftsgehilfin Emma Höschel in Göda ein Liebesverhältnis. Bereits nach dem ersten Zusammentreffen beider kam es zwischen ihnen zum Geschlechtsverkehr, der von da ab bis zur Inhaftierung des Beschuldigten allwöchentlich mehrfach ausgeübt wurde. In der Regel besuchte Kontzok die Höschel mittwochs, sonnabends und sonntags. Auffälliges weiß die Höschel hinsichtlich des Geschlechtsverkehres nicht zu berichten, höchstens, daß es bei jedem Zusammensein zu zwei- bis dreimaligem Verkehre kam. Der Beschuldigte war ihr und ihrem außerehelichen, nicht von ihm stammenden Kinde sehr zugetan und beabsichtigte angeblich, die Höschel zu heiraten.«

Doch schien Emma Höschel nicht alle von Max Kontzok gehegten Phantasien befriedigen zu können. Er stellte sexuell andre Anforderungen, denen die junge Frau nicht genügen konnte. So versuchte er, sich Schulmädchen zu nähern. Max Kontzok sprach Kinder an, und diese lehnten seine Annäherungen brüsk ab. Auch gegen Geld waren sie nicht zu ködern, wenn er sie bat, ihm Zigaretten zu holen. Er beobachtete sie beim Baden und frönte still seiner Lust. »Trotz dieser bisherigen Mißerfolge bei Mädchen dieses Alters gab der Beschuldigte seine verwerflichen Absichten nicht auf und hatte schließlich in der Person der am 22.2.1930 in Diehmen geborenen und dort bei den Eltern wohnhaften Frederike Marianne Probst Erfolg, die er am 12.6.1938 in den ersten Nachmittagsstunden in der Nähe der Schützenwiesen von Gaußig in einer dichten Fichtenschonung mißbrauchte und anschließend ermordete.

Am Sonntag, den 12. und Montag, den 13.6.1938

fand in Gaußig das Schützenfest statt. Der Schützenplatz liegt in unmittelbarer Angrenzung an den Ort an dessen Schloßparkseite. Dicht dabei befindet sich eine Waldpartei, die aus Abteilen älterer Bäume und Schonung besteht.

Am Sonntag, den 12.6.1938 beabsichtigte der Beschuldigte, nachdem er zu Mittag gegessen hatte, per Rad nach Spittwitz zu fahren. Er trug an diesem Tag ein grau und braun gemustertes Hemd, milchschokoladenbraune und braunviolett gestreifte bzw. karierte lange Hose, dunkles Jackett, schwarze Schuhe und eine sogen. blaue Schiffermütze. Auf dem Wege nach Spittwitz traf er einen ihm flüchtig bekannten Melker, der ihn aufgefordert haben soll, mit nach Gaußig zum Schützenfest zu fahren. Kontzok tat das auch und traf dort gegen 15 Uhr ein. Dort suchte er alsbald das große Schankzelt auf, wo er sich mit den Steinarbeitern Franz und Häßler und deren Mädchen, unter denen sich die 15 Jahre alte Anna Wollin befand, setzte. Er bestellte sich ein Glas Bier. Dieses stieß er, bald, nachdem er es angetrunken hatte, versehentlich um, woraufhin er ein zweites Glas Bier bestellte. Während dieses Zusammensitzens mit den anderen wurde er einem mit an dem Tisch sitzenden Mädchen gegenüber handgreiflich, indem er ihr an die Brüste griff. Auch bat er erfolglos eines der anderen Mädchen, ob es mit ihm zum Zwecke des Geschlechtsverkehrs einmal mit hinausgehen wolle. Als nach geraumer Zeit Häßler und die Wollin das Schützenzelt verlassen hatten, ging auch Kontzok weg, ohne bis dahin mehr Alkohol bestellt oder genossen zu haben, als oben schon angegeben ist. Er ging der Wollin und Häßler nach, die nach dem in dem Schloßpark gelegenen Teich gegangen waren. In dessen Nähe traf er sie auch, sich unterhaltend, an und rief Häßler anzüglich zu: ›Na, wirst du sie gleich gehen lassen!‹ Noch ehe er dorthin gekommen war, hatte er auf dem Schützenplatz verschiedene andere Bekannte getroffen, darunter die Steinschläger Wachowiak und Abold.

Während sich das alles abspielte, war die oben genannte Schülerin Probst auf dem Schützenplatz gewesen und befand sich, als Kontzok den Häßler und die Wollin in der Nähe des Teiches getroffen hatte, ebenfalls in dessen Nähe, offenbar im Begriffe, nach Hause zu gehen. Jedenfalls war sie 17.30 Uhr von der Rentnerin Wankel und deren Urenkelin, und zwar am Anfang des nach Diehmen führenden Kirchweges, gesehen und zum Mitnachhausegehen aufgefordert worden. Das hatte sie aber mit dem Bemerken, noch einige Tannenzapfen suchen zu wollen, abgelehnt. Kurze Zeit später ist sie dann noch von der Landwirtsehefrau Rostock, und zwar 40 m abseits des nach Diehmen führendes Kirchweges an einem Wassergraben im Laubwald, gesehen worden, als sie sich gerade bückte – sei es, daß sie etwas aufhob, sei es, daß sie gerade ihre Notdurft verrichtete. Auch Kontzok begegnete bei seinem Umherlaufen im Walde der Zeugin Rostock. Offenbar gleich danach begegnete er der kleinen Probst. Dieses Zusammentreffen mit dem Kinde erschien ihm sofort als die Gelegenheit, die er seit langem suchte, nämlich, sich einem Kinde unsittlich zu nähern.

Er traf die kleine Probst, wie er behauptet, dicht an dem nach Diehmen führendem Kirchsteg, etwa am Ende des Waldstückes. Sie befand sich angeblich etwa 1 m abseits vom Wege im Walde. Er rief das Kind zu sich und fragte es, ohne dafür einen besonderen Anhalt zu haben, ob es einen Mann in Uniform mit einem Mädel gesehen habe. Als das Kind verneinte, spiegelte er ihm, obwohl er ortskundig war, vor, dort keinen Bescheid zu wissen, und fragte nach einem angeblich so und so verlaufenden Fußweg. Er versprach dem Kind daraufhin ein Stück Zuckerzeug, wenn es ihm den Weg zeige. Dieses Lockmittel veranlaßte offenbar das Kind, mit ihm zu gehen. Gemeinsam gingen sie dann quer durch den dort befindlichen Hochwald in grober Richtung etwa auf das Forsthaus zu. Bald nach dem Überschreiten des Fahrweges fanden sie ihren Weg durch einen Sperrdraht versperrt, in dessen Nähe sich dort eine sog. Hundefalle befand. Von dort aus schon war das in ihrer Wegrichtung gelegene Fichtendickicht zu sehen, weshalb das Kind offenbar ablehnte, weiter in dieser Richtung mitzugehen und vorschlug, das Dickicht zu umgehen. Daraufhin gab der Beschuldigte dem Kind nochmals und zwar eines der letzten Stücke Zuckerzeug. Dabei riß er den oberen Teil der rosafarbenen Tüte, in der sich der Zucker befand, ab und warf schließlich beide Tütenteile weg, die bei den Erörterungen von einem Beamten gefunden wurden. Als auch dieser Zucker seine Wirkung verfehlte, und das Kind sich weigerte, weiter mitzugehen, faßte er sie – angeblich unter gütigem Zureden – an der Hand und zog sie – offenbar gewaltsam – in das angrenzende Dickicht. Dieses ist eine dicke Fichtenschonung, deren Bäumchen bis zu 8 m hoch und 21 Jahre alt sind und die zum Flurstück 95 gehört.

Kontzok suchte diese verborgene Stelle bewußt auf, um dort ungestört und unentdeckt seine schändlichen Absichten durchführen zu können, die sich bis dahin, soweit er es zugibt, zum mindesten darin bestanden, das Kind unsittlich zu berühren und es geschlechtlich zu gebrauchen. In einer ihm geeignet erscheinenden, mitten im Dickicht liegenden Stelle setzte er sich nieder und zog dabei das Kind zu sich herab, daß es rechts von ihm zu sitzen kam. Bei allem war er geschlechtlich erregt und sein Glied leicht ersteift.

Im Anschluß daran schildert er selbst die Geschehnisse, ohne daß das im einzelnen nachgeprüft werden könnte, folgendermaßen: Nachdem das Kind von ihm gewaltsam neben sich hingesetzt worden war, umschlang er mit seinem rechten Arm den Hals des Kindes so, daß er mit seiner rechten Hand dessen rechte Brust befühlen konnte. Mit der linken Hand griff er ihr unter den Röcken am nackten Bein entlang fahrend, an den Geschlechtsteil. Hierbei setzten offenbar Abwehrhandlungen des Kindes ein, denn Kontzok behauptet, daß die Probst ihn daraufhin ›gehackt‹ und mit den Armen abgewehrt habe. Bald auch, so gibt er weiter an, habe das Kind begonnen zu weinen. Danach habe er ihm mit der linken Hand die Schlüpfer heruntergezogen und, weil das Kind ihm in die Haare gefahren sei, einen rechten Arm hinter dem Hals des Kindes, die Umarmung lösend, weggenommen und den Oberkörper des Kindes zurückgestemmt, so daß es zum Liegen gekommen sei. Danach habe er sich zwischen die Beine des Kindes gekniet, das Kind mit der linken Hand auf den Erdboden gepreßt und mit der rechten dessen Röcke und Unterwäsche soweit nach oben geschoben, daß der Geschlechtsteil des Kindes frei sichtbar gewesen sei.

Diesen habe er begriffen, nachdem er es habe aufgeben müssen, das Kind geschlechtlich zu mißbrauchen, weil sein Geschlechtsteil nicht die nötige Steife erhalten habe. Bei allem hat sich das Kind, das höchstwahrscheinlich auch laut geschrien hat, dessen Geschrei aber durch die lauten Geräusche des in der Nähe stattfindenden Schützenrummels ungehört verklungen sind, offensichtlich weiter gewehrt, denn der Beschuldigte will ihm dann wegen eines Stoßes mit dem Beine, der ihn in der rechten Leistengegend getroffen habe, einige Ohrfeigen gegeben haben. Daraufhin habe er, so gibt er weiter an, das Kind aufgefordert, ruhig zu sein. Als das nicht eingetreten sei, habe er ihm mit der linken Hand, mit der er bis dahin das Kind auf den Boden gedrückt habe, quer über den Mund gefaßt, so daß sein Daumen nach der linken und seine übrigen Finger dieser Hand nach der rechten Backe des Kindes gezeigt hätten. Als nunmehr das Kind ihn in die Hand gebissen und weiter mit den Füßen um sich geschlagen habe, habe er aus einem nahebei befindlichen Baumstumpf, den er mit der rechten Hand habe erreichen können und der eine gewisse Morschheit aufgewiesen habe, ein klobiges Stück Holz herausgerissen, seine linke Hand wieder von dem Mund des Kindes weggenommen und mit dem

Holzscheit mehrmals das Kind ins Gesicht und auf die Schläfenpartie geschlagen. Der Beschuldigte hat das, so räumt er ein, aus der Überlegung heraus getan, daß das Kind ›weg sein solle‹. Nunmehr geschah, seinen Angaben nach, folgendes: Als er nach den ersten Schlägen bei dem Kind Blut rinnen sah, versetzte er ihm mit dem gleichen Stück Holz zunächst weitere Schläge, um sie vollends zu töten. Als das Kind dennoch ein Lebenszeichen von sich gab, den Kopf bewegte und seine Händchen ins Gras verkrampfte, stand Kontzok auf und schleppte sie, an den Beinen ziehend, wenige Meter vom Tatort weg, um sie dort liegen zu lassen. An dieser Stelle soll das Kind mit schwacher Stimme sein Taschentuch verlangt haben, worauf er von dem ursprünglichen Ort der Tat die dort liegende Handtasche des Kindes geholt haben und diesem daraus das Taschentuch gegeben haben will. Das Kind sei damit langsam über sein Gesicht gefahren, wonach die Hand des Kindes herabgefallen sei. Als das Kind dann noch immer röchelte, nahm der Beschuldigte dessen Taschentuch, strangulierte damit das Kind, indem er es diesem um den Hals schlang und verknotete, aus der Erwägung heraus, damit das Röcheln und jedes noch vorhandene Leben in dem Kinde zu beseitigen. Hierauf zog er das Kind im rechten Winkel zur vorherigen Richtung wiederum an den Beinen wenige Meter weiter in eine dort befindliche seichte Stelle (sogen. Kulturfurche). Hier riß er ihm sämtliche Kleider in Stückenteile, dabei jeweils mehrere Kleidungsstücke auf einmal erfassend, auf, um das Kind vollends zu entblößen und angeblich einmal einen weiblichen Körper ganz nackend zu sehen. Er betrachtete sich dort in aller Ruhe den Mädchen-Körper, scheute sich nicht einmal, die Beine des Kindes zu spreizen, um so noch einmal dessen Geschlechtsteil zu sehen, und steckte schließlich eine von einer nebenstehenden Fichte abgebrochene Wipfelspitze in den Geschlechtsteil des Kindes, weil er es an sich habe gebrauchen wollen, aber mangels richtiger Versteifung seines Gliedes nicht habe gebrauchen können. Schließlich deckte er den zuweilen immer noch zuckenden Menschenkörper mit einem weiteren Fichtenzweig zu, um sich dann von dem Mädchen wegzuwenden. Noch ehe er sich ganz entfernte, durchsuchte er die Handtasche des Kindes. Er fand darin u. a. ein von dem Kind offenbar auf dem Schützenplatze gekauftes, mit rotem Metallpapier umhülltes Schokoladenherz, das er an Ort und Stelle verzehrte. Möglicherweise hat er auch noch einen in der Tasche gefundenen geringen Geldbetrag an sich genommen, ohne daß das mit Sicherheit festzustellen war.

Nach der Tat beabsichtigte Kontzok zunächst gleich wieder nach dem Schützenplatze zu gehen. Diesen Gedanken aber gab er, nachdem er festgestellt hatte, daß er sich mit dem Blut seines Opfers beschmutzt hatte, auf.

Er begab sich in das Waldstück nach dem Teich, in dessen Nähe er vor der Tat die Wollin mit Häßler getroffen hatte, um sich dort vom Blute zu säubern. Dort hinderte ihn aber der viele Schlamm an seinem Vorhaben, weshalb er beschloß, nach dem Parkteich zu gehen. Zu diesem fand der den Weg versperrt. Dann kam er an der in der Nähe des Schlosses gelegenen

Brauerei vorbei, in deren dazugehörigem Wirtschaftshof er eine Tonne mit Wasser sah. Darin wusch er sich die Hände und entfernte die Blutflecken aus seinen Hosen. Anschließend daran ging er in die zur Brauerei gehörige Gastwirtschaft. Dort trank er schnell ein Glas Bier, wechselte mit den Zeugen Pätzold, Wachowiak und Abold einige Worte, wobei er ihnen vorspiegelte, einen Radunfall erlitten zu haben, um damit sein auffallend zerzaustes und erhitztes Aussehen zu rechtfertigen, und ging dann wieder zum Schützenplatz. Auf diesem kaufte er sich zunächst ein paar Zigaretten, um anschließend in den Tanzsaal zu gehen. Hier traf er seinen Vetter Kaspar Höhn und den bereits erwähnten Otto Häßler, der mit ihm ein paar Worte sprach. Ohne sich länger zu verweilen, fuhr er dann mit seinem Rade zur Höschel nach Göda. Bei dieser erschien er gegen 20.15 Uhr. Der Höschel, die bereits im Bett lag, fiel auf, daß er etwas ›anders als sonst‹ war. Auch fiel ihr auf, daß er außerordentlich ruhig war und ›keine richtige Laune‹ hatte. In der folgenden Nacht verkehrte er ein-, möglicherweise auch zweimal geschlechtlich mit der Höschel. Am nächsten Morgen ging er zunächst nach Hause, wo er sich umzog und anschließend nach seiner Arbeitsstätte begab. Dort fiel auf, daß er den zu seinem Preßlufthammer gehörigen Schlauch nicht anbrachte, obwohl er das sonst immer selbst getan hatte, und weiterhin auch, daß er in der Mittagspause sich nur auffallend kurze Zeit, entgegen seiner sonstigen Gewohnheit, in der Kantine aufhielt.

In den späten Abendstunden dieses Tages, also Montag, den 13.6.1938, ging er wieder nach Gaußig, wo er auf dem Schützenplatze als vermutlicher Täter ermittelt und festgenommen wurde. Einen rechten, insbesondere glaubhaften Grund dafür, weshalb er an diesem Tag wieder nach Gaußig auf den Schützenplatz gegangen war, hat er nicht angegeben. Er behauptet, das getan zu haben, um sich das Feuerwerk anzusehen.«

Max Kontzok war, »nachdem er zunächst die Tat selbst und dafür wesentliche Umstände in bezug auf seine Person in Abrede gestellt hatte, geständig, die Tat so ausgeführt zu haben, wie sie oben dargetan ist«. Der Staatsanwalt verhörte ihn für die Formulierung der Anklage am 16. September 1938 nochmals. Max Kontzok gab den Tatablauf in diesen Worten zu Protokoll:

»Die kleine Probst hat sich gegen meine Berührungen zunächst nicht gewehrt; als ich ihr an die Brust und ans Bein faßte. Sie wehrte sich erst, als ich ihr die Schlüpfer herunterzog. Dabei muß sie mir in die Haare gefahren sein, auch hat sie mich gehackt.

Ich habe das Kind in den Wald gelockt, um mir sein Geschlechtsteil anzusehen. Ich wollte mal sehen, wie er bei einem Kinde aussieht. Ich habe ihr das gesagt, als sie mich das erste Mal hackte.

Ich habe anfangs gedacht, daß sie da gleich mitmachen würde. Dann habe ich aber gesehen, daß sie nicht mitmachte. Ich habe mir vorher nicht überlegt, was ich mit ihr machen wollte, falls sie nicht mitmachen würde.

Verletzungen am Geschlechtsteil habe ich ihr meines Wissens erst beigebracht, als sie tot war, oder ich sie wenigstens für tot hielt. Vorher bin ich ihr nicht mit dem Finger in den Geschlechtsteil gefahren. Ich wollte sie nur richtig gebrauchen. Das ging aber nicht, weil sie sich wehrte und mein Glied nicht richtig steif wurde. Wie lange der ganze Vorgang gedauert hat, weiß ich nicht.

Das Schokoladenherz habe ich gegessen, während ich etwa 1 m von dem toten Kinde entfernt stand, und zwar unmittelbar danach. Ob das war, ehe ich das Taschentuch um ihren Hals gewürgt habe oder nachher, weiß ich nicht.

Richtig zum Bewußtsein der Folgen meiner Tat bin ich eigentlich erst gekommen, als mich die Kriminalpolizei gegriffen hat. Erst da habe ich auch Reue empfunden. Vorher habe ich weder Mitleid mit dem Kinde gehabt noch Reue empfunden. Deshalb konnte ich auch das Schokoladenherz ruhig neben dem Kinde essen.«

Der Strafprozess wurde für September 1938 terminiert. Die Offiziellen erwarteten keine lange Dauer der Verhandlung. Die Fakten lagen mehr als klar. Der Täter war geständig. Die Zeugen wurden gebeten, vor dem Gericht zu erscheinen.

Auch Gutachter Professor Nitsche auf dem Sonnenstein erhielt die Nachricht. Er antwortete den Behörden am 29. August: »Da ich nach meiner heutig erfolgten Rückkehr von einem mehrwöchigen Urlaub in der nächsten Zeit häufig werde auswärts zu tun haben, wäre ich dankbar, wenn ich jetzt schon erfahren könnte, wann ich im September zur Hauptverhandlung gegen Kontzok dort werde erscheinen müssen, damit ich die nötigen Dispositionen treffen kann. Wie ich bereits mündlich mitgeteilt habe, werde ich aus Anlaß der Jahresversammlung der Gesellschaft Deutscher Neurologen und Psychiater spätestens vom 22. September d. Js. bis Ende des Monats abwesend sein. Bitte um gefällige möglichst baldige Nachricht.

Heil Hitler! Professor Dr. Nitsche«

Der Prozess verlief ohne Zwischenfälle, auch wenn der Täter mehrmals beteuerte: »Ich habe den Willen nicht gehabt zu töten!« Zwar ließen diese Worte nochmals kurzfristig Zweifel an der Zurechnungsfähigkeit des Angeklagten aufkommen. Doch waren diese schnell zerstreut. Das Urteil für Max Kontzok wurde am 20. September 1938 verkündet. Die *NS-Tageszeitung für die Oberlausitz*, Zittau Nr. 221 berichtete darüber am Tag darauf:

»Schwurgericht Bautzen fällt ein Todesurteil – Der Lustmord an einem achtjährigen Mädchen gesühnt

Das bestialische Verbrechen, dem am Abend des 12. Juni dieses Jahres die achtjährige Marianne Probst aus Diehmen zum Opfer gefallen war, beschäftigt gegenwärtig das Schwurgericht zu Bautzen. Die kleine Probst hatte an dem genannten Tage das Schützenfest in Gaußig besucht. Seitdem war sie vermißt und erst am nächsten Tage nach umfänglicher Suche in einem in der Nähe des Festplatzes gelegenen Waldstück tot aufgefunden worden. Der entsetzliche Anblick, der sich bei der Auffindung bot, hatte schon verraten, daß die kleine Probst nach einem an ihr verübten schweren Sittlichkeitsverbrechen durch heftige Schläge auf den

Kopf und in das Gesicht und durch Würgen am Halse umgebracht worden war.

Als Täter war der am 11. Januar 1911 in Rothnaußlitz geborene und dort wohnhafte ledige Max Kontzok angeklagt. Die Anklage lautet auf Notzuchtsverbrechen und Mord. Kontzok gab das Verbrechen zu. Seine Schilderung der grausigen Tat ließ erkennen, daß es sich bei ihm um einen ungewöhnlich rohen Menschen handelt. Nachdem er das Kind in der grausamsten Weise ermordet hatte, aß er ein in der Handtasche des Kindes gefundenes Schokoladenherz auf und ging später sogar tanzen. Es wurde festgestellt, daß Kontzok im Jahre 1925 eine Gehirnerschütterung erlitten, daß er 1927 aus geringer Ursache ein Mädchen durch Messerstiche in die Brust und einen Arm verletzt und daß er 1931 in Stacha in einer Nacht aus Aerger darüber, daß er unverschuldet angerempelt worden war und daß ihm dabei ein anderer Bursche ein Mädchen weggeschnappt hatte, eine Feimen angezündet hatte. In beiden Strafverfahren war er als ein erblich belasteter Psychopath bezeichnet, im letzten Falle der Brandstiftung wegen Unzurechnungsfähigkeit infolge krankhafter Störung der Geistestätigkeit freigesprochen worden.

Am zweiten Verhandlungstag brachte die Zeugenvernehmung den Beweis dafür, daß Kontzok seit Jahren hinter Frauen und Mädchen hergewesen ist. Seine Behauptung, daß er die kleine Probst in der Trunkenheit umgebracht habe, wurde widerlegt. Gestern wurde das Urteil gefällt. Das Gericht hat eine versuchte Notzucht für nicht bewiesen angesehen. Dem Antrag des Vertreters der Staatsanwaltschaft entsprechend wurde der Angeklagte Max Kontzok wegen Mordes zum Tode und dauernden Verlust der Ehrenrechte wegen Vornahme unzüchtiger Handlungen mit Gewalt an einem Mädchen unter 14 Jahren kostenpflichtig zu zehn Jahren Zuchthaus verurteilt.«

Das Todesurteil war gesprochen, zudem äußerte sich das Gericht zur Gnadenfrage: »Die Tat ist so abscheulich und die Erregung der Bevölkerung darüber mit Recht so groß, daß ein Gnadenerweis von vornherein ausscheidet. Das gesunde Volksempfinden fordert gebieterisch den Kopf des Verbrechers, da nur alsbaldige Vollziehung der Todesstrafe allgemein abschreckende Wirkung haben kann. Hinsichtlich der Ausführung der Tat weise ich nur darauf hin, daß sich der Tötungsvorgang nach dem Gutachten des Sachverständigen Prof. Dr. Meerkamm ungefähr eine halbe Stunde lang hingezogen haben muß. Der Verurteilte hat also sein Opfer entsetzlich gequält. Es liegen außer seiner psychopathischen Veranlagung auch nicht die mindesten Gründe vor, die seine Tat in milderem Lichte erscheinen ließen. Er hat auch keinerlei Reue darüber gezeigt.« Der Richter beantragte daher, »vom Gnadenrecht keinen Gebrauch zu machen, sondern der Gerechtigkeit freien Lauf zu lassen«.

Doch machte der Verteidiger von Max Kontzok mildernde Umstände für den Verurteilten geltend, die ihm per Gutachten im Prozess abgesprochen worden waren. Der Anwalt ging in Revision vors Reichsgericht. Allerdings teilte »die Reichsanwaltschaft in Leipzig in der

Strafsache gegen den Steinarbeiter Max Kontzok heute fernmündlich mit, daß die Revision Kontzok verworfen worden sei« und wusste dies zu begründen. Deutschlands oberste Richter schrieben: »In der Strafsache gegen den Steinbrucharbeiter Max Richard Kontzok aus Rothnaußlitz, zur Zeit in Bautzen in Untersuchungshaft wegen Mordes u. a., hat das Reichsgericht, 4. Strafsenat, in der Sitzung vom 28. Oktober 1938 auf die Revision des Angeklagten nach mündlicher Verhandlung für Recht erkannt:

Die Revision gegen das Urteil des Schwurgerichts in Bautzen vom 20. September 1938 wird verworfen; die Kosten des Rechtsmittels fallen dem Beschwerdeführer zur Last.

Das Schwurgericht hat die Tatbestandsmerkmale des § 211 StGB ohne Rechtsirrtum festgestellt. – § 211: Wer vorsätzlich einen Menschen tötet, wird, wenn er die Tötung mit Ueberlegung ausgeführt hat, wegen Mordes mit dem Tode bestraft. – Insbesondere begegnet auch die Feststellung, daß der Angeklagte die Tötung mit Überlegung ausgeführt hat, keinem rechtlichem Bedenken.

Das Schwurgericht ist auf Grund des Gutachtens des Sachverständigen davon ausgegangen, daß der im Sinne § 51 – Eine strafbare Handlung ist nicht vorhanden, wenn der Täter zur Zeit der Begehung der Handlung sich in einem Zustande von Bewußtlosigkeit oder krankhafter Störung der Geistestätigkeit befand, durch welchen seine freie Willensbestimmung ausgeschlossen war. – weder geisteskranke noch geistesschwache

Angeklagte seiner Veranlagung nach von ausgeprägter Gemütsarmut sei, die soweit gehe, daß ihm selbst ein Menschenleben nichts gelte. Auch während der ganzen Dauer der Verbrechensausübung sei er durchaus fähig gewesen, verstandesmäßig klare Überlegungen anzustellen.

Das Schwurgericht stellt weiter fest, daß der Angeklagte bei seinem Handeln zwei Zwecke verfolgt habe, einmal seine sinnlichen Gelüste zu befriedigen und zum andern seine Person gegen Strafverfolgung zu sichern. Nachdem er erkannt habe, daß er mit seiner Gewalttätigkeit bei der Vornahme der ersten unzüchtigen Handlungen so weit gegangen ist, habe sich in ihm die Vorstellung gebildet, daß die Tötung des Kindes zu seiner Sicherung erforderlich sei. Sein Handeln sei nunmehr selbstbewußt darauf gerichtet gewesen, das Kind zu beseitigen. Er habe dann auf Grund verstandesmäßig klarer Erwägungen die Tötung durchgeführt, ohne daß es eines inneren Kampfes gegen seelische von der Tat abdrängende Hemmungen überhaupt bedurft hätte.

Von die Überlegung ausschließenden Erregungszuständen sei er nicht beeinflußt worden. Im Anfange, nach der ersten Gegenwehr und dem Biß des Kindes, möge einmal ein Wutgefühl in ihm aufgekommen sein. Dieses Wutgefühl sei aber spätestens verraucht gewesen, als er sein Opfer an die zweite Stelle geschleppt und von der ersten her das Taschentuch geholt habe.

Diese Feststellungen berechtigen das Schwurgericht, das Vorliegen des Tatbestandsmerkmals der Überlegung zu bejahen.

Die Angriffe der Revision gehen fehl.

Es kann keine Rede davon sein, daß das Schwurgericht die Veranlagung des Angeklagten und seinen Werdegang nicht berücksichtigt hätte. Die eingehende auf dem Gutachten des Sachverständigen fußende Würdigung seiner Persönlichkeit beweist das Gegenteil. Soweit die Revision im übrigen die Beweiswürdigung des Schwurgerichts abgreift, kann sie in diesem Rechtszuge keine Beachtung finden. (§§ 261, 337 StPO)

Nach den Feststellungen des Schwurgerichts hat das Kind noch gelebt, als der Angeklagte es von der ersten zur zweiten Stelle und auch noch, als er es zur dritten Stelle schleppte. An diesen beiden Stellen hat der Angeklagte dem Kind weitere schwere Mißhandlungen zugefügt. Diese waren für den eintretenden Tod mit ursächlich. So sind die Urteilsfeststellungen offensichtlich zu verstehen. Zu dieser Zeit lagen irgendwelche Erregungszustände bei ihm nicht mehr vor.

Fehlgeht schließlich auch die Annahme der Revision, der § 214 StGB habe im vorliegenden Falle Platz zu greifen. - § 214: Wer bei Unternehmung einer strafbaren Handlung, um ein der Ausführung derselben entgegentretendes Hindernis zu beseitigen oder um sich der Ergreifung auf frischer Tat zu entziehen, vorsätzlich einen Menschen tötet, wird mit Zuchthaus nicht unter zehn Jahren oder mit lebenslänglichem Zuchthaus bestraft. – Diese Bestimmung kann nur Anwendung finden, wenn es sich um eine ohne Überlegung ausgeführte Tötung (§ 212 StGB) handelt. Die Bejahung des Tatbestandes des Mordes schließt die Anwendung des

§ 214 StGB aus. Es erübrigt sich daher, näher darauf einzugehen, daß es auch an dem Merkmal des Ergreifens auf frischer Tat im vorliegenden Falle fehlte. Damit erledigt sich auch die Rüge, daß der Beweisantrag auf Vornahme eine Ortsbesichtigung, die nach der Auffassung der Revision zur Bejahung des Tatbestandes des § 214 StGB hätte führen können, zu Unrecht abgelehnt worden sei. Auch abgesehen davon stand die Vornahme einer Ortsbesichtigung im Ermessen des Gerichts. Davon, daß dieses durch die Unterlassung der Ortsbesichtigung etwa seine ihm von Amts wegen obliegende Aufklärungspflicht verletzt hätte, kann keine Rede sein.

Da die Nachprüfung des Urteils auch im übrigen rechtliche Bedenken nicht ergeben hat, war die Revision zu verwerfen.«

Kaum verhandelt und schriftlich niedergelegt, fand die vom Obersten Gericht verworfene Revision ihren medialen Widerhall. Am 29. Oktober 1938 schrieb *Der Freiheitskampf*, das Sprachrohr der NSDAP in Sachsen: »Eine Bestie in Menschengestalt. Gaußiger Mädchenlustmord vor dem Reichsgericht – Todesurteil rechtskräftig

Leipzig, 28. Oktober

Das Reichgericht hatte sich am Freitag mit einem Verbrechen zu beschäftigen, das seinerzeit wegen seiner Scheußlichkeit große Empörung in der Oeffentlichkeit hervorrief. Die achtjährige Marianne Probst aus Diehmen wurde nach Verübung eines schweren Sittlichkeitsverbrechens in geradezu bestialischer

Weise ermordet. Als Täter wurde der am 11. April 1911 geborene Max Kontzok ermittelt. Am 20. September 1938 wurde er vom Schwurgericht Bautzen wegen Mordes zum Tode und zum Verlust der bürgerlichen Ehrenrechte auf Lebenszeit, sowie zu zehn Jahren Zuchthaus verurteilt.

Der Mörder ist mit seinem Opfer in grauenhafter Weise umgegangen. Die kleine Marianne war am 12. Juni dieses Jahres zum Schützenfest nach Gaußig gegangen. Der Nachhauseweg führte sie durch einen in der Nähe des Ortes gelegenen Wald. Hier stieß sie auf Kontzok, der sie bat, ihm den Weg zu zeigen. Das Kind war dazu bereit, wurde jedoch von Kontzok in das Waldesdickicht gezwungen.

Das Kind setzte sich heftig zur Wehr, doch ließen seine Kräfte bald nach. Der Unhold drückte sein Opfer zu Boden und nahm an ihm unzüchtige Handlungen vor. Da das Kind schrie, schlug er mit einem harten Gegenstand in großer Wucht auf den Kopf des Mädchens ein. Dann schleppte er sein stöhnendes und sich in furchtbaren Schmerzen windendes Opfer von einer Stelle zur anderen, mißhandelte es weiter in rohester Weise und würgte es. Auch als das Kind bereits tot war, verging er sich noch an ihm in nicht wiederzugebender Weise. Nach der Tat aß er ein Schokoladenherz, das er bei dem Kinde gefunden hatte, und ging dann später zum Tanz.

Die Leiche des Kindes wurde am nächsten Tage im Walde versteckt aufgefunden. Sie bot einen entsetzlichen Anblick und wies schwere Verletzungen auf. Der

Schädel war zertrümmert, das Nasenbein eingeschlagen, ein Ohr abgerissen, zwei Zähne ausgeschlagen usw.

Vor dem Schwurgericht gab der Angeklagte sein Verbrechen zu, behauptete jedoch, in Trunkenheit gehandelt zu haben, obwohl er vorher nur etwas mehr als ein Glas Bier getrunken hatte. Die Anklage des Staatsanwaltes ließ erkennen, daß es sich um einen ungewöhnlich rohen Menschen handelt. Das Schwurgericht kam dann zu der Ueberzeugung, daß er die Tat mit Vorsatz und Ueberlegung begangen, also gemordet hatte. Es erkannte daher auf die Todesstrafe.

Der Angeklagte legte gegen dieses Urteil Revision ein. Er rügte, daß das Schwurgericht die Ueberlegung bei Begehung der Tat bejaht habe. Auch sei ein Antrag der Verteidigung auf Ortsbesichtigung abgelehnt und insoweit in seiner Verteidigung beschränkt worden. Das gesamte Revisionsvorbringen wurde jedoch vom Reichsanwalt als nicht durchschlagend angesehen.

Die Revision des Angeklagten wurde glatt verworfen. Das Reichsgericht stellte die Ueberlegung bei der Tat in allen Punkten fest. Das Todesurteil ist damit rechtskräftig geworden.« Auch diese Kampagne blieb nicht ohne Wirkung. Nicht nur in Gaußig wurde darüber diskutiert. Die Familie Lehmann sah sich erneuten Diskriminierungen ausgesetzt, gar der Gewalt gegen Besitz und Person. Die Behörden leiteten derweil die Maßnahmen zur Vollstreckung des Todesurteils in die Wege.

Max Kontzok wurde aus der Untersuchungshaft ins Landgericht nach Dresden, Münchner Platz, überstellt.

Im Vordruck erfolgte die Rechnungslegung:

»Bautzen, 3.11.1938

Aufgrund eines Transportbefehles des Oberstaatsanwalts beim Landgericht Bautzen vom 1. November 1938 ist der Strafgefangene Max Richard Kontzok am 3.11.1938 von Untersuchungsgef. Bautzen an das Unters.Gef.s Dresden zum Zwecke der Strafvollstreckung überführt worden. Sammeltransport war nicht möglich, weil Todesurteil vorliegt.

Abfahrt in Bautzen: 6.34 Uhr

Rückkunft in Bautzen: 10.43 Uhr.

Name und Dienstbezeichnung des Transporteurs:
Justizoberwachtm. Zech

Transportweg: Bautzen–Dresden u. zurück

Transportmittel: Eisenbahn 3. Kl.

Zehrgeld als unvermeidbare Auslagen nach § 14 RKG:
RM --,65 Pfg.

2 Fahrkarten Bautzen–Dresden III. Klasse 1x zurück:
RM --,60 Pfg.
RM -1,20«

Bahnhof Bautzen: Abfahrtsort der letzten Reise des Max Kontzok

Behördlich wandte sich am 5. November 1938 noch einmal die Oberstaatsanwaltschaft an Gertrud Lehmann, geb. Kontzok: »Das gegen Ihren Sohn Max Richard Kontzok am 20. September 1938 vom Schwurgericht Bautzen erlassene Todesurteil ist rechtskräftig. Der Führer und Reichskanzler hat nunmehr zu entscheiden, ob er von seinem Gnadenrecht Gebrauch machen oder Gerechtigkeit freien Lauf lassen will. Schon ehe die Entscheidung ergangen ist, habe ich nach den geltenden Vorschriften bei Ihnen anzufragen, ob Sie für den Fall der Nichtbegnadigung den Antrag stellen, daß der Leichnam des Verurteilten Ihnen zur einfachen, ohne jede Feierlichkeit vorzunehmenden Beerdigung verabfolgt werden soll.

Der Leichnam kann nach den geltenden Vorschriften für den Fall der Hinrichtung nur in Dresden zur Verfügung gestellt werden.

Falls von Ihnen auf die Freigabe des Leichnams zur einfachen Beerdigung kein Antrag gestellt wird, werden Sie ersucht, schriftlich Ihr Einverständnis zu erklären, daß der Leichnam an das anatomische Institut Leipzig verabfolgt wird.«

Nach Bedenkzeit erklärte sich Mutter Gertrud Lehmann einverstanden, den Leichnam ihres Sohnes nach dessen Hinrichtung nach Leipzig überführen zu lassen. Allerdings gab sie ihrer schwer erträglichen Situation Ausdruck. Der Beamte notierte und leitete weiter.

»10. November 1938

Die Frau Lehmann, geb. Kontzok, aus Rothnaußlitz Nr. 19, beschwerte sich bei der Abgabe der Erklärung darüber, daß der Pfarrer von Göda wiederholt bei Gottesdiensten an Sonntagen in seinen Predigten von dem Mörder von Gaußig bzw. Rothnaußlitz gesprochen habe. Sie als Mutter des Kontzok versuche in der Kirche Trost zu suchen, durch das Verhalten des Pfarrers würde ihr das aber unmöglich gemacht. Sie hätte wegen der Tat ihres Sohnes sowieso schon viel zu leiden gehabt und stellte die Frage an mich, ob hier nicht Abhilfe geschaffen werden kann, damit sie wenigstens wieder ihre Ruhe findet. Dem Herrn Oberstaatsanwalt wird hiermit Bericht erstattet.«

Die Antwort folgte:

»An die Superintendantur Bautzen, 29.11.1938

Zu der Beschwerde der Mutter des Kontzok, der in Gaußig das Mädchen umbrachte, hat der unterzeichnete Pfarrer Neefe folgendes zu berichten.

Als seinerzeit jene furchtbare Tat geschehen war und

die Gemüter in unserer Gegend in gewaltige Erregung versetzte, da sind verschiedene Glieder seiner Gemeinde an den unterzeichneten Pfarrer herangetreten mit der Frage, wie sich die Tat mit der Liebe Gottes vereinbaren lasse und wie sich der Christ dazu zu stellen habe. Der unterzeichnete fühlte sich daher verpflichtet, in einem Gottesdient einmal diese Frage vom christlichen Glauben aus zu behandeln. Er hat dies in einem Gottesdienst getan. Dabei hat er nicht im geringsten irgendwelche Vorwürfe ausgesprochen, am allerwenigsten über die schwergeprüften Eltern des Kontzok, die ja in der Gemeinde als fromme und gute und ehrliche Menschen geachtet sind. Seine Auslegungen in der Predigt sind rein sachlicher und religiöser Natur gewesen.

Dem unterzeichneten Pfarrer ist nicht bekannt, daß er außer diesem Gottesdienst den Fall Kontzok in der Kirche noch einmal erwähnt habe.«

»Meldung 9.12.1938

Am 9.12.1938 nach der Bewegung verweigerte der Unters.-Gef. B III 27/2765/38 Kontzok, Max (Mord u. z. Tode verurteilte) die Rückführung in seine Zelle, sowie die Abgabe der zur Bewegung gegebenen Sachen, angeblich sollen Bautzner Beamte mit Todesstrahlen in der Zelle darüber oder daneben sein.

Es wurde in aller Ruhe versucht, den Gefangenen von der Nichtigkeit seiner Beschwerden zu überzeugen, leider ohne Erfolg. Nachdem Herr Obw. Brehme und Herr Obw. Weber zu Hilfe kamen, wurde der Aufenthalt sowie Herausgabe der Sachen erzwungen. Bei dieser Gelegenheit bekam Kontzok einen Wutanfall und schlug rücksichtslos auf die Beamten ein; bei der Gegenwahr erhielt K. eine Kopfwunde. K. ist seit dem 3.11.38 im Unters.Gefängnis Dresden.

Vorschlag wegen Tätlichkeit gegen Beamte: 10 Tage Arrest, bleibt gefesselt.«

Offensichtlich fühlte sich Max Kontzok in der Haft bedroht und erhoffte sich Hilfe bei seinem Gutachter Professor Nitsche und schrieb ihm, als er dazu wieder fähig war (die Rechtschreibung wurde weitgehend beibehalten).

»Sehr geehrter Herr Prof. Dr. Nitsche II

Theile Ihnen hierdurch mit das ich von Oberwachtmeister Richard Brehme von Bautzner Untersuchungsgefängnis nach Dresden verschleppt worden bin und bitte Sie sehr geehrter Herr Prof. Dr. Nitsche II zu erkundigen wie das nun steht ob es zulässig ist mich one einem Schreiben von irgendeiner Person in die Hände zu bekommen einfach mich wie es der (Haupt) Oberwachtmeister Brehme getan hat mich einfach fortzuschleppen. Hier in Dresden werde ich von den Oberwachtmeistern Brehme und Weber mit Elektrischen Apparaten mißhandelt und dauernd belestigt. Jedenfalls haben die zwei Oberwachtmeister Richard Brehme und Oberwachtmeister Herbert Weber hier in Dresden den Führer Adolf Hitler und die Deutsche Reichsregierung und die deutsche Wehrmacht und deutsche Staatspolizei beleidigt weiter ist Richard Brehme und Herbert Weber die deutsche Landwirtschaft, das deutsche

Staatswesen und semtliche Organisationen Verbände Parteigliederungen und das vom Führer bestimmte Gesetz ist von Richard Brehme und Herbert Weber aufs Höchste beleidigt worden.

Ferner sind Sie Sehr geehrter Herr Prof. Dr. Nitsche II von den beiden genannten Richard Brehme und Herbert Weber beleidigt worden. Auch haben Oberwachtmeister Richard Brehme und Oberwachtmeister Herbert Weber die Deutschen Frauen und Mädchen aufs höchste beleidigt mit den allergemeinsten Schimpfnahmen. Es haben sich Oberwachtmeister Brehme und Weber geeußert das in Deutschland Sowjetdeutschland entstehen solle und Richard Brehme und Herbert Weber haben mich wollen als Kommunisten hinstellen da mir die allerschlechtesten und gemeinsten Schimpfnahmen gegeben worden sind jedenfalls haben Richard Brehme und Herbert Weber sich geeußert das alles gegen die Wehrmacht gehen solle ebenfalls werde ich hier mißhandelt meine Sachen sind mir abgenommen worden in Dresden gefesselt soll ich in der Zelle sein keine Arbeit kriege ich hier in Dresden nich. Dieses tut Ihnen zu wissen

Max Kontzok«

An den Briefrändern war kaum leserlich geschrieben: »Richard Brehme und Herbert Weber haben das oben erwehnte alles mit Wort und Gedanken beleidigt – Bitte im Brief beachten – Die Revision schicken sie bitte nicht nach Dresden – Ich will nach Bautzen zurück und sehen sie bitte das sie das andere kriegen können – Oberwachtmeister Brehme und Weber haben schon seit dem

2. November keinen Dienst mehr gemacht – Richard Brehme und Herbert Weber sin Bewaffnet in die Zelle über mir und haben verbotene Apparate.«

Die Gutachter hatten Max Kontzok Wahnsinn nicht bescheinigen können. Der Verurteilte wartete auf die Vollstreckung seines Todesurteils.

Derweil engagierte sich Pfarrer Neefe in Göda und antwortete den mit der Hinrichtung befassten Behörden persönlich und seiner Christenpflicht gehorchend:

»Auf das Schreiben vom 9. Dez. 1938 teile ich dem Herrn Oberstaatsanwalt ergebenst mit, daß ich der Hinrichtung des Max Kontzok beiwohnen möchte, falls diese stattfindet. Ich habe den Kontzok konfirmiert und wäre dankbar, wenn es mir gestattet würde, ihn vor der Hinrichtung in einem seelsorgerischen Gespräch noch einmal sprechen zu dürfen, natürlich nur, falls Kontzok das wünscht und mich nicht ablehnt. Falls Kontzok mich nicht ablehnt, bitte ich um Antwort, ob er vor seinem Tode durch mich noch das hlg. Abendmahl wünscht.«

Am 22. Dezember tat die Reichskanzlei kund: »Hitler läßt der Gerechtigkeit freien Lauf.« Max Kontzoks Gnadengesuch wurde abgelehnt. Doch teilte man diese Entscheidung dem Verurteilten zunächst aus Rücksicht auf seine angegriffene Psyche nicht mit. Pfarrer Neefe in Göda gab man den Termin der Hinrichtung nicht bekannt. Christlicher Beistand wurde dem Gefangenen von andrer Seite gewährt.

»5.1.39
Der Verurteilte nahm die Eröffnung ohne Bewegung auf. Auf die Frage nach etwaigen Erklärungen bat er, seinen Verteidiger und seine Mutter nochmals sprechen zu dürfen oder seine Mutter zu benachrichtigen. Auf die Frage, was er mit seinem Verteidiger sprechen wolle, ließ er die Bitte fallen. Ferner wurde ihm erklärt, daß er mit seiner Mutter nicht mehr sprechen könne, daß aber seine Mutter morgen benachrichtigt werde. Zum Schluß bat er um den Geistlichen. Dies wurde ihm zugesagt.«

»6.1.39
In der Strafsache gegen Max Kontzok fanden sich um 5.30 Uhr in dem umschlossenen Hofe des Landgerichtsgebäudes am Münchner Platz zur Vollstreckung des Todesurteils des Schwurgerichts Bautzen ein:
Oberstaatsanwalt Dr. Buch als Leiter der Vollstreckungsbehörde
1. Staatsanwalt Dr. May als Sachbearbeiter
Justizinspektor Räfler als Beamter der Geschäftsstelle der Staatsanwaltschaft
Oberregierungsrat von Zezschwitz als Gefängnisbeamter
Regierungsmedizinalrat Dr. Schneller als Gerichtsarzt
Der Scharftrichter Reindel aus Gommern bei Magdeburg mit drei Gehilfen
Der Verurteilte wurde von drei Gefängnisobermeistern vorgeführt und vom evangelischen Pfarrer Katschmarek begleitet.

Der Leiter der Vollstreckungsbehörde gab den entscheidenden Teil des Urteils sowie die Entschließung des Führers und Reichskanzlers vom 22. Dezember 1938 bekannt und beauftragte den Scharfrichter mit der Vollstreckung des Urteils.

Der Scharfrichter vollzog hierauf die Todesstrafe an dem Verurteilten mit der Fallschwertmaschine.

Die Handlung geschah ohne jeglichen Zwischenfall.

Nach Vollzug der Todesstrafe forderte der Leiter der Vollstreckungsbehörde die Anwesenden zum Verlassen des Richthofes auf. Dies geschah.«

Die Presse meldete noch am selben Tage: »Mädchenmörder Kontzok hingerichtet –

dnb Berlin, 6. Januar. Heute Freitag ist der am 11. Januar 1911 in Rothnaußlitz geborene Max Kontzok hingerichtet worden, der – wie wir seinerzeit ausführlich berichteten – durch Urteil des Schwurgerichts in Bautzen wegen Mordes zum Tode und zum dauernden Verlust der bürgerlichen Ehrenrechte, ferner wegen Sittlichkeitsverbrechen zu 10 Jahren Zuchthaus verurteilt worden war.«

Das Landgericht am Münchner Platz in Dresden

Der Todestrakt im Landgericht Dresden (heute)

Quellen

Akten des Sächsischen Staatsfilialarchivs Bautzen

Medien: u. a. Internet, *Dresdner Volkszeitung, Sächsische Zeitung, Sächsischer Erzähler, Der Wachtturm, Der Stürmer, Der Freiheitskampf, NS-Tageszeitung für die Oberlausitz.*

Brězan, Jurij: *Bild des Vaters.* Berlin 1982.

Brězan, Jurij: *Der Mäuseturm.* Berlin 1976.

Dirksen, Hans-Hermann: *»Keine Gnade den Feinden unserer Republik«. Die Verfolgung der Zeugen Jehovas in der SBZ/DDR 1945–1990.* Berlin 2003.

Hacke, Gerald: *Die Zeugen Jehovas im Dritten Reich und in der DDR. Feindbild und Verfolgungspraxis.* Göttingen 2011.

Haberland, Jens: *Serienmörder im Europa des 20. Jahrhunderts. Berichte, Interviews, Fotos.* Berlin 1997.

Marneros, Andreas: *Sexualmörder. Eine erklärende Erzählung.* Bonn 1997.

Pfeiffer, Hans: *Der Zwang zur Serie. Serienmörder ohne Maske.* Leipzig 1996.

Schilling, Falko: *Die Zeugen Jehovas in der SBZ/DDR 1945–1951. Neuanfang, Behinderung, Verfolgung.* (Studienreihe der Landesbeauftrageten für die Unterlagen des Staatssicherheitsdienstes der ehemaligen DDR in Sachsen-Anhalt, Bd. 3). Halle/S. 2014.

Strittmatter, Erwin: *Der Wundertäter.* Berlin 1958.

Strittmatter, Erwin: *Ochsenkutscher.* Berlin 1958.

Strittmatter, Erwin: *Tinko.* Berlin 1956.
Wirth, Ingo: *Tote geben zu Protokoll. Streiflichter aus der Geschichte der Gerichtsmedizin.* Berlin 1988.
Wulffen, Erich: *Der Sexualverbrecher. Ein Handbuch für Juristen, Verwaltungsbeamte und Ärzte.* Berlin 1910.

Bildnachweis

Archiv des Autors: S. 20 u., S. 32, S. 40, S. 43, S. 45, S. 79, S. 88, S. 94, S. 104, S. 155 u., S. 169 o., S. 169 m. r., S. 176, S. 190, S. 212, S. 220 o. r.
Henner Kotte: S. 35, S. 220 o. l., S. 220 u.
Detlef Petrick: S. 46.
Jens Rothe: S. 20 o., S. 21, S. 24, S. 86, S. 96 f., S. 102, S. 107, S. 117, S. 155 o., S. 165, S. 169 u., S. 169 m. l.

Es war leider nicht in allen Fallen möglich, die Rechteinhaber zu ermitteln. Berechtigte Ansprüche bleiben gewahrt.